青海世居少数民族民间故事丛书

土族民间故事精选

乔生华　编

青海人民出版社

图书在版编目（CIP）数据

土族民间故事精选 / 乔生华编. -- 西宁 ： 青海人民出版社，2015.1
(青海世居少数民族民间故事丛书)
ISBN 978-7-225-04890-1

Ⅰ. ①土… Ⅱ. ①乔… Ⅲ. ①土族—民间故事—作品集—青海省 Ⅳ. ①I277.3

中国版本图书馆CIP数据核字(2015)第025291号

青海世居少数民族民间故事丛书
土族民间故事精选
乔生华 编

出版人 樊原成
出版发行 青海人民出版社有限责任公司
西宁市同仁路10号 邮政编码:810001 电话:(0971)6143426(总编室)
发行热线 (0971)6143516 / 6137731
印刷 陕西龙山海天艺术印务有限公司
经销 新华书店
开本 787mm × 1092mm 1/32
印张 6.5
字数 100千
版次 2015年5月第1版 2015年5月第1次印刷
书号 ISBN 978-7-225-04890-1
定价 20.00元

目录

CONTENTS

神话故事

传说故事

人物故事

动物故事

神话故事

黑马张三哥

从前，有一个姓张的老阿奶，她本来有儿有女，日子过得很好，可是，这地方有个九头妖怪，吸人血、吃人肉，害得人们无法生活。老阿奶的家人全被九头妖怪吃掉了，只剩下她一个人过着孤苦伶仃的生活。

不过老阿奶家里有一匹黑骒马，黑骒马成年累月陪伴着老阿奶。老阿奶哭时它流泪，老阿奶高兴时它兴奋。一天，老阿奶发现黑骒马的肚子鼓了起来，还以为是马吃多了，可她一摸，又好像有个东西在蠕动。她又惊又喜，盼望着能早点生个驹子。天天盼，夜夜盼，末了，骒马却生了个衣胞胎。老阿奶想，怎么会生个怪物呢？她叹了口气，自言自语道："真是运气不好，该受一辈子的孽障！"老人也没敢向外传，悄悄把衣胞埋到了马槽旁边。

过了三天，老阿奶去喂马，看见埋衣胞的地方在动。阿奶觉得奇怪，重新把衣胞挖了出来，用刀慢慢割开，原来是一个白胖胖的小男孩。

阿奶高兴极了，给孩子起了个小名，叫"黑马"。老阿奶可喜爱黑马娃了，有好吃的让他吃，有好穿的让他穿。黑马也很聪明，四五岁的时候就什么都能看明白！

一天，阿奶哭了。孩子问："奶奶，你为啥哭啊？"老阿奶本不想说，孩子问得不行，也就说了："傻孩子，你不知道呵！你的阿哥、阿姐都被九头妖怪吃了，怎叫人不伤心……"老阿奶原原本本把家事告诉了孩子，要孩子记在心上。

黑马知道后，要阿奶给他副弓箭，奶奶照着做了。一天，黑马背起弓箭，给阿奶说："奶奶，奶奶，你把我养大了，我要到外面找几个弟兄去……"

老阿奶觉得孩子小，放心不下；又想，还是让孩子出去好，心一横，就忍着泪，把孩子送走了。

黑马走了一天，到了深山，碰见一块大石头，它像房子一样大。他向大石头射了一箭，一箭把石头射翻了。石头底下一个人说话了："喂！往上走的往上走，往下走的往下走，哪位大哥射翻了我的房子？想干什么呀！"

黑马说："我不往上走，也不往下走，我要请你出来结拜个兄弟哩。"这时石头底下出来了一个又高又大的人，说："我当哥哥，还是当弟弟？"黑马说："你是石头底下出来的，就叫你石头大哥吧。"

于是，两人相伴上路，石头大哥问："咱往哪里去？”黑马说：“先上山打猎去呗。”

走了一阵，遇见一棵又大又粗的松树，黑马又向大松树射了一箭。一箭就把大松树射倒了，树底下有人说话了：“往上走的往上走，往下走的往下走，哪位大哥射倒了我的房子？想干什么呀！”

黑马说：“我不往上走，也不往下走，我要请你出来结拜个兄弟哩。”这时大树底下出来一个身材高大的人，说：“我当哥哥，还是当弟弟？”

黑马说：“这位是石头大哥，你从木头底下出来，就当木头二哥吧！我小，就叫我黑马张三哥！”从此，三人成了同甘共苦、生死与共的弟兄。

兄弟三人上了山，走呀，走呀，走到一个空山沟里。那里没有人烟，只有一间破房子。他们就在这儿住了下来，白天上山打猎，晚上在房里歇息，就这样过了很久。有一天，兄弟三人打猎回来时，只见锅里煮好了热腾腾的饭，香气扑鼻。黑马张三哥说：“奇怪，这空山沟里，有谁来给咱做饭呢？”石头大哥、木头二哥端起碗来就要吃，黑马张三哥灵机一动阻止他俩：“慢着，甭着急，我先尝尝，吃了没事，咱们再吃也不晚。”黑马张三哥尝了尝，嘿！好吃极了，兄弟三人便放开肚子吃了个饱。

第二天，打猎回来，又是一锅热饭。兄弟三人又吃了个饱。这样天天有人做饭，黑马张三哥说："咱们兄弟三个天天出去，也不知饭是谁做的，明日咱们得有个人看家！"石头大哥说："明日我守家，把住门口，看谁能进来。"黑马张三哥说："好，好，明天你守门吧！"

这天，石头大哥在大门口等着，等到下午还不见人影。天黑了，回去一看，又是一锅热饭。石头大哥很扫兴，觉得凭自己这样结实高大的身材，还没看到人进来，真气人。兄弟二人回来，看见石头大哥丧气的样子，也没说什么。末了，木头二哥说："明天我看门，看看到底是谁进来做的饭。"

第二天，木头二哥躺在炕上，不知不觉睡着了。到天黑，又是一锅热饭。

兄弟二人回来，都埋怨木头二哥粗心大意。黑马张三哥说："昨天石头大哥守门，今天木头二哥守门，都没守好，明天你们去打猎，我看家。"

第三天，黑马张三哥躺在床上，装着睡觉，等到后晌，从窗口飞进三只鸽子，一到房里就变成了三个美丽的姑娘。她们一个烧火，一个提水，一个做饭，三两下就做好了饭。三个姑娘说说笑笑，拾掇停当，正要飞走，黑马张三哥猛然"嘿"了一声，三个姑娘吓得愣住了。

黑马张三哥说：“三位姑娘，不要怕，你们是从哪里来的，告诉我。”姑娘们又羞又怕，只有那个年龄最小的说话了：“我们是天上的仙女，看到你们兄弟三个天天打猎，很辛苦，就来给你们做一下饭。”黑马张三哥说：“天上那样好，你们下来干啥哩？”

大姐、二姐都羞得不敢答话，还是三姐胆大，她说：“天上再好，也不如和你们在一块好呀！”黑马张三哥说：“那你们不要回去了，和我们弟兄们结亲好不好？”三个姑娘羞红了脸，点了点头，背过脸，乐得抿不拢嘴。

大姐、二姐都长得粉桃花似的，唯有三姐脸黑了些，但像一朵腊梅花。

两位大哥还没到门口就问：“老三，你今日守得怎样？”黑马张三哥说：“今天我守家，等来了三位姑娘给咱们弟兄做媳妇哩。你们看，她们多好啊！”

大哥二哥看了，乐开了，说：“三弟真行，真行！”三个姑娘盛好饭，大姐给大哥端，二姐给二哥端，留下三姐，把饭端给黑马张三哥。他们就这样结成了甜蜜的夫妻。男子们打猎，媳妇们管家，弟兄们的日子，过得美满、快活。

有一天，黑马张三哥忽然懊丧着脸，像有什么心事一样，大哥、二哥、大嫂、二嫂都很纳问："老三哪，为什么愁眉苦脸的呀？"

黑马张三哥说："咳！要是能回家去，把我奶奶接来才好呢。"木头二哥说："老三，上回我没守好门，这事交给我办吧！用我这两条长腿一天打个来回，保管把奶奶背回来。"石头大哥和三个媳妇都说可以，黑马张三哥也只好依从了。

木头二哥两条长腿走得真快，一天真打了个来回，把阿奶背来了。阿奶抱住黑马张三哥，乐得流出了眼泪，看看他有吃有穿，有这么个好媳妇，还找到了这么几个好心弟兄，心里真像开了花一样地高兴。

没过多久，一天，九头妖怪来了。碰巧兄弟三人上山打猎去了。九头妖怪进来说："老婆婆，哈哈，肉这么多，还有三个漂亮的阿姑，好啊！今天是吃你们的肉，还是喝你们的血呀？"大家都吓得说不出话来。唯有三姐不怕，她想了想说："这里肉多得很，你先吃吧，吃完了再吃我们也不迟。"

九头妖怪说："好，那也可以，反正你们也跑不了。"

兄弟三个回来，老阿奶把九头妖怪的事说了一遍。石头大哥生气了："嘿！真是岂有此理，明天我守门，一刀砍它两截。"黑马张三哥说："也好，只是明天奶奶和媳妇们都不要待在家里了。"

第二天，石头大哥，挡在大门口，站了一天，也不见九头妖怪的影儿。原来九头妖怪从后门进来，吃了肉，背了油走了。晚上大家回来问石头大哥："见到妖怪没有？"

"哎！门口站了一天，没见到。"

媳妇们看肉少了："没看见，肉咋会少了这么多？"

木头二哥说："明天我守门，九头妖怪跑得再快，也要抓它回来。"黑马张三哥再三叮咛二哥，千万不要睡着。

第三天，木头二哥等了一上午也不见来。等着，等着，他就睡着了。九头妖怪又吃了肉，背了油走了。大家回来一看，木头二哥还在睡觉，说了他一顿。他自知没理，也没说什么。黑马张三哥说："明天我守门。"

第四天，黑马张三哥，拿了一把刀子，藏在门背后。九头妖怪来了，嘴里说："三个漂亮的阿姑哪里去了？"话没落音，黑马张三哥一刀砍去，把九头妖怪的一个脑袋砍掉了。九头妖怪急转身就跑，喊着："不得了，这房里有厉害人哩！"黑马张三哥也没追，便把妖怪的头挂了起来。

晚上哥嫂、阿奶回来问："老三，你今天守得怎样？"黑马张三哥说："看，我砍下了妖怪的一个头。"二位哥哥说："三弟真行，真行。"

老阿奶说："孩子们，要斩草除根，妖怪还有八个头哩！"黑马张三哥说："奶奶放心，我们兄弟三人一定要把妖怪除掉。"

晚上，黑马张三哥和两个哥哥商量好了办法。第二天，弟兄三个背上刀，别了阿奶和媳妇们，找妖怪去了。

下了山，望见一个村庄，遇到一个尕娃在山坡放羊。黑马张三哥问道："尕娃，有个九头妖怪，在什么地方住？"

尕娃说："我就是给九头妖怪放羊的，它可凶啦！自把我捉来，每天侍候它，还要挨打。"

黑马张三哥说："那好，今晚你引我们到九头妖怪家里去，我们一起把它杀死。"尕娃很高兴地答应了，并说："这两天九头妖怪在养病，每晚叫我给他送茶、舔伤疤，晚上我把你们带进去，乘他不防，就下手。"

到了晚上，三人夹在羊群里混进了九头妖怪的住宅里。石头大哥和木头二哥藏在门背后，黑马张三哥藏在柜子后面。九头妖怪叫放羊尕娃给他倒了茶，又叫舔伤疤。舔得很舒服，妖怪渐渐睡着了，黑马张三哥上去就一刀，砍下了妖怪的四个头。妖怪大叫一声："不好！"爬起来就往外跑。刚到门口，石头大哥和木头二哥一起从门背后跳出来，一人一刀，把九头妖怪的头砍完了。

兄弟三人上去又砍了几刀，九头妖怪才断了气。

兄弟三人带上放羊尕娃，一起回到山里，和阿奶、媳妇们一起过上了幸福的生活。

搜集时间：1991 年

流传地区：互助县东沟、丹麻一带

讲述者：乔生财

搜集整理：乔生华

羊尾巴的故事

从前，有一户人家，家中只有两位老人。这老两口一辈子和睦相处过得安宁幸福。只是没有生儿育女，家中除几亩薄田外还养着两只羊。日复一日，年复一年，每天老爷爷去放羊，老奶奶坐在炕上做针线活。

有一天，老爷爷沉着脸对老奶奶说："你经常坐在家中享福，我每天背着老骨头去山上放羊受罪，这罪我受够了，从今往后我俩分房另坐。"老奶奶叹了一口气发愁地说道："我俩怎么分房另坐呢？"老爷爷摸着胡子说："我俩只有两只羊，我俩用烙馍馍的办法来分，谁烙的馍馍好，大羊就归谁，羊羔就归馍馍烙的不好吃的人。"

天黑了，老爷爷和老奶奶开始烙馍馍。老爷爷边烙边看到自己烙的馍馍不好，就对老奶奶说道："大门前有人在叫。"老奶奶到门外去看时，老爷爷很快用自己烙的馍馍将老奶奶烙的馍馍换了过来。这样老爷爷烙的馍馍已熟了，颜色黄黄的。老奶奶的馍馍烂散了，还没熟。老爷爷拿着馍馍说："我烙的馍馍比你烙的馍馍早熟了，大羊归我。你的馍馍还没熟，羊羔归你。"之后，老爷爷赶着大羊跟老奶奶分了家。

第二天，老爷爷赶着大羊在阳山上放牧，老奶奶赶着羊羔在阴山上放牧，大羊一叫，随后羊羔也就叫，便往大羊跟前跑去。老奶奶抓住羊羔尾巴一拉，没想到拉断了羊羔的尾巴。

老奶奶在悲痛之余将羊羔尾巴拿到家里放在箱子里面，并每天每日拔完草便回到家拿出来看一看。有一天晚上，老奶奶拔草回来后，忽然听到从箱子里面发出“哐、哐、哐……”的声音，老奶奶认为可能老鼠进到箱子里面了，打开箱子一看，哇！发现里面躺着一个光身子小孩。只听这个孩子给老奶奶说：“老奶奶，老奶奶，你不要杀我，如果你没有儿子我就给你做儿子，没有女儿我就给你做女儿。”老奶奶非常高兴，就对孩子说：“我的宝贝呀，你做我的女儿吧！”从那以后，老奶奶去拔草，女儿就守家。

有一天，老奶奶到地里拔草时，一位喇嘛骑着一匹瘸马来到老奶奶跟前问道：“老奶奶，老奶奶，你在拔草时，知道一天能铲多少铲子吗？在扭动多少次屁股吗？”老奶奶停下手中的活说道：“我把这个没记住呀！”喇嘛把马拉转过后说：“你明天把这个记住，不然我就惩罚你。”之后就扬长而去。

天黑后，老奶奶回到家，非常忧愁。女儿见

状便问："奶奶，奶奶，你今天怎么了，为啥这样发愁？"老奶奶叹了一口气说："我的女儿呀！你知道什么，今天来了一位喇嘛，他问我一天能铲多少铲子，叫我明天记住，不然他要惩罚我。"女儿说："奶奶，奶奶，你不要发愁，明天你用背斗把我背到地边，用背斗扣住我，放在地边，我看看是怎样的一位喇嘛。

第二天，老奶奶照常去地里拔草，喇嘛又骑着瘸马来了，他问老奶奶："老奶奶，老奶奶，今天你是否记住了？如果没有记住，我要惩罚你。"这时，女儿从背斗底下出来，向喇嘛问："喇嘛，喇嘛，你的马一天瘸多少次，你一天打了几鞭子马，你是否记住了？"喇嘛听后说："哎哟，这个我没记住。"女儿又问喇嘛："你也没记住，我奶奶能记住吗？"这样喇嘛无话可说了。他又向老奶奶说："老奶奶，老奶奶，你把你的这个女儿给我。"老奶奶不答应，正在这时候，女儿却答应跟着喇嘛走。喇嘛领着女儿走着走着，走到河边时天黑了。喇嘛让女儿睡在自己的脚底下，把经卷放在头顶睡着了。睡到半夜时，女儿从喇嘛头顶上取下经卷放在喇嘛的脚底下，自己到喇嘛的头顶上睡觉。喇嘛一觉醒来，一脚把自己的经卷蹬到河里了。喇嘛以为蹬到河里的是女儿，就非常高兴，于是大喊："老奶奶，你的女儿淌到河里去了。老奶奶，你的女儿淌到河里去了。”这时女儿坐在喇嘛头顶喊：“喇嘛，你的经卷淌到河里去了。喇嘛，你的经卷淌到河里去了。”喇嘛不但没把奶奶的女儿蹬到河里去，反而将自己的经卷蹬到河里去了。他越想越生气，害女儿的心更加急切了。

天亮了，喇嘛和女儿继续赶路。两人又走了一天的路才赶到喇嘛家。这天晚上，喇嘛把自己的马拴在窗子跟前，让女儿睡在马圈里的草上。半夜时分，女儿将喇嘛的马拴在马圈里，把马的铃铛取下拿到喇嘛的窗子跟前，手摇着铃铛。天亮后，喇嘛一把火把马圈点着了，以为把奶奶的女儿烧死了。之后就大喊：“奶奶，你的女儿烧着了，你的女儿烧着了。”女儿从喇嘛窗子跟前笑着大声喊道：“喇嘛的瘸马烧着了，喇嘛的瘸马烧着了。”喇嘛一看把自己的马烧死了，实在是气得没有办法了，想着两次想害都没有害成，那就让女儿看家守房吧。

有一天，喇嘛叮嘱女儿，我去人家里念经，我去后，你要把佛房打扫干净，擦干净，还不要让狗拉了屎，撒了尿，不然我回来后将你吃掉。喇嘛说完后就走了。女儿看喇嘛走远了，就把佛房打扫得干干净净，而后又去挖了些蜂蜜，用清蜂蜜搅了炒面，拿到佛房这里一点、那里一点地滴了一地。

下午，喇嘛回来了，看到满地的冻狗屎，就揪住女儿的耳朵，让她把狗屎吃了，女儿吃到最后的一点时，就对喇嘛说："喇嘛，喇嘛，你吃着尝一尝，这狗屎特别甜。"喇嘛看女儿吃起来很甜的样子，也尝了一点，确实很甜，就问女儿："你给狗喂了什么？屎为啥这样甜？"女儿说："我给狗喂了豆面糊，然后打了一阵狗，让狗满院子跑了。"喇嘛马上就有新的想法，就对女儿说："明天你去背草，我在家守房看家。"

第二天，女儿出去背草了，喇嘛给狗喂了豆面糊，在院子里追打了一会儿狗，女儿也背草回来了。狗在院子里拉满了屎，女儿揪着喇嘛的耳朵让他也吃狗屎，因狗屎太臭，喇嘛恶心地吐了。喇嘛又问女儿："女儿你说实话，你怎么样让狗屙了甜屎。"女儿说："昨天吃的不是狗屎，是用蜂蜜拌的抄面糊。"听见这话，喇嘛立马又来了兴头，对女儿说："我俩今天去掏些蜂窝。""那行，如果去挖蜂窝的话，你要用水弄湿头发，还要拿上打蜜蜂的铁榔头和木榔头。"喇嘛说："那成，我俩快点去挖。"之后，喇嘛赶快弄湿了头发，拿上了铁榔头和木榔头，挖蜜蜂窝去了。女儿把蜜蜂窝快要挖出来时，对喇嘛说："我挖累了，你挖一点。"就让喇嘛挖着。正在挖的时候，蜜蜂飞落在喇嘛的头上了。喇嘛让女儿快点打蜜蜂，女儿问喇嘛："用铁榔头打，还是用木榔头打？"喇嘛说："快用铁榔头打！"女儿拿起铁榔头朝喇嘛的头上打去，喇嘛被打死了。

女儿背回喇嘛的尸体，用绳子绑好后放在了喇嘛自己的箱子里面。

一天晚上，来了两个脚夫对女儿说："今晚在你家住一夜。"女儿对两脚夫说："在我家住可以，但我家的喇嘛不在，你俩如果把我家喇嘛装银子的箱子背走怎么办？再说我家的喇嘛回来后会打死我的。"两个脚夫说保证不背走，天黑了他俩没有去的地方，就让他俩住一夜吧。女儿假装没办法，就让两个脚夫住下了。两个脚夫高兴极了，他俩为了偷走喇嘛的银箱子一夜都没合眼。到了半夜时候，脚夫俩悄悄起来，把装有喇嘛尸体的箱子背出来后，驮在骡子上赶路走了。

女儿看着脚夫俩把装有喇嘛尸体的箱子驮走以后，背起喇嘛装有银子的箱子回家去了。

从此以后，奶奶和女儿过上了幸福的生活。

搜集时间：1987 年

搜集地点：东山乡什巴村

讲述者：席万年

搜集整理：席治中

三岁娃娃种庄稼

在很早的时候，土族地区还没有种庄稼的习惯。有一个三岁的娃娃，为寻求生活，东奔西跑，跑了不少地方，走访了不少人，但还是没有找着生活的法子。有一天，他走到一个白云飘浮、鲜花盛开的深山洼，发现一个香烟缭绕的石洞，洞里住着一位须发银白的老人，他就是仙人爵勒丹迭。

三岁娃娃欣喜若狂，急忙上前，恭恭敬敬地向爵勒丹迭行了个礼，请教道："智慧的仙人，我生活的道路在哪里？"

唐德尔格玛——
唐德尔格玛——
土族祖先的子孙，
唱一支土族歌曲，
刚满三岁的尕娃，
生活的道路在哪？

爵勒丹迭慢慢睁开他智慧的眼睛，上下打量了一下三岁尕娃，便亲切地说："你上蓝天，捉青龙，驾金犁，耕地种庄稼，是你生活的道路。"

三岁尕娃叩别仙人爵勒丹迭，兴高采烈地回

来，立即按仙人谕言去做。

唐德尔格玛——
唐德尔格玛——
飞上湛蓝的天空，
捕捉腾云的青龙。
扎上金制的鼻桊，
拴上金系的缰绳。
驾上金制的轭头，
套上金铸的犁铧。
双脚站在了左边，
扬起金子的鞭杆。
往上往下犁两趟，
隆隆犁声如雷响。
闪闪火花电一样，
凶猛青龙不受服。
刚满三岁尕娃娃，
生活实在不容易。

那迸起的闪闪火花，发出的隆隆声音，如闪电雷鸣，吓得三岁娃娃不知所措。青龙挣断鼻桊、缰绳，甩掉轭头、犁铧，腾云逃走了。三岁娃娃没有办法，又去请教仙人爵勒丹迭。

爵勒丹迭听了三岁娃娃的话，闭眼沉思一会，又关心地说："你上石山去，捉野牛，驾银铧，耕地种庄稼，是你生活的道路。"

三岁娃娃满怀信心地回来，按照仙人的谕言，认真地去做。

唐德尔格玛——
唐德尔格玛——
上去雄伟的石山，
捕捉凶猛的野牛。
扎上银制的鼻桊，
拴上银系的缰绳。
驾上银做的轭头，
套上银铸的犁铧。
双脚站在了左边，
扬起银子的鞭杆。
往上往下犁两趟，
隆隆犁声如雷响。
闪闪火花电一样，
凶猛野牛不受服。
刚满三岁的尕娃，
生活的道路在哪?

这闪电似的火花，雷鸣似的声音，吓得三岁娃娃惊慌失措，无法驾驭野牛。野牛乘机摇头摆尾，撒身跑向深山老林。三岁娃娃没有办法，再次去请教仙人爵勒丹迭。

仙人爵勒丹迭再次亲切地说："你下平滩，捉黄牛，驾铁犁，耕地种庄稼，我想这次一定会成功的！”

三岁娃娃毫不气馁，再次按照仙人的谕言，认真地去做。

唐德尔格玛——

唐德尔格玛——

下到展平的荒滩，

捕捉滩里的黄牛。

扎上柏木的鼻拳，

拴上毛拧的缰绳。

驾上桦木的轭头，

套上生铁的犁铧。

双脚站在了左边，

扬起雄刺的鞭杆。

往上往下犁两趟，

荒滩变成肥沃田。

刚满三岁尕娃娃，

生活之路从此开。

三岁娃娃欢喜若狂，手舞足蹈，一口气跑进了深山，进入仙人洞。他把下平滩，捉黄牛，驾铁犁耕地成功的喜讯告诉了仙人爵勒丹迭。

爵勒丹迭点了点头，微微一笑，开口慢慢地说：“有志者，事竟成。你不怕危险，不怕困难，寻找生活的道路，我想生活的道路一定会开通的。”说罢他闭着眼睛默默地想了一会，然后口中念念有词，把手搓了几下，以手上的腻垢搓成了若干颗青稞大小的颗粒，交给了三岁娃娃，并说：“这是种子，你把它种在犁过的地里，秋后会变成很多很多这样的东西。”

三岁娃娃回来后，把种子细心地种在犁过的松土上。过了一段时间，种子破土出苗，三岁娃娃看了很害怕，为什么不是颗粒，而是像锥子一样的东西？他又去请教爵勒丹迭。

仙人爵勒丹迭说：“那是青稞的苗，它长成熟后，才会变成很多很多的青稞。你回去后，要勤松土，勤锄草，它才会长得茁壮。”

三岁娃娃回来后，就按照仙人的谕言，松土锄草，精心管理。可是过了一段时间，像锥子一样的苗苗，却像怀孕的女人一样，肚子鼓了起来，又过了几天，从中露出了像针一样的东西。三岁娃娃见了非常害怕，怀疑是不是出了妖怪，急忙又去请教仙人。

仙人爵勒丹迭听了哈哈大笑，开口说道：“不要怕，不要怕，那是青稞出穗了。当穗头发黄的时候，便去收割，那时候肯定是很多很多的青稞。你可以吃，可以喂你的黄牛，还可以酿成醇香的美酒。”

三岁娃娃满怀丰收的喜悦，披星戴月，早出晚归，精心管理他的庄稼。这时茂盛的庄稼出齐了穗头，随秋风掀起层层波浪。与此同时周围环境也有了很大的变化，百花争艳，蜂蝶飞舞，百鸟争鸣，溪水潺潺。三岁娃娃高兴极了。

到了秋天，群雁南归，草木枯黄，百花凋零。三岁娃娃觉得很凄凉。可是他种的庄稼已经成熟了，丰收的青稞像珍珠一样饱满，既能磨炒面，又能烙饼子、擀面条，吃起来很香很香。三岁娃娃吃饱之后，又酿了一缸醇香的美酒，去敬献给仙人爵勒丹迭。

仙人爵勒丹迭摇了摇头，对三岁娃娃说："不必，不必，你不必送酒到这里来。以后当你吃喝的时候，用无名指蘸一下酒和饭，对空弹三下，我就领受了。"

从此以后，三岁娃娃每当吃饭喝酒的时候，不忘仙人给他指出生活道路的恩德，无论如何，先要蘸酒食对空弹三下，然后自己才吃喝。

搜集时间：1970 年 9 月

流传地区：互助土族地区

讲述者：李端珠

搜集整理：李友楼

青蛙的故事

从前，在一个村庄里，住着一对四十多岁的两口子。老两口没儿没女，孤孤单单，冷冷清清，生活过的也无滋无味。

这个地方有个说法，如果人们不能生儿育女，那就意味着断子绝孙，烟囱的烟也就断了。两口子所以经常煨桑点灯向老天爷祈祷，希望能赐给他们一男半女，还不间断地年年都去寺院背经书，就这样妻子还是没有怀孕。

有一天，妻子的大拇指头肿起来了，肿得一天比一天大。一天晚上，妻子切菜时一不小心把大拇指头上的疙瘩弄破了，这时从疙瘩里面跳出了一只青蛙。妻子非常生气地骂道："这怪物，我用菜刀杀了你。"当她举起菜刀时，青蛙开口说话了："哎，母亲！母亲！你没有儿子，我给你做儿子，你没有女儿我给你做女儿，你不要杀我，杀我干什么？"

妻子听了觉得也有道理，认为这也是身上连着的一块肉，于是用双手捧着青蛙向丈夫的跟前跑去，向丈夫一说。丈夫说："不管他说什么，他是青蛙不是孩子，我俩怎么在人面前抬头做人？

快放到门前的水坑里。”

妻子手捧着青蛙向外面走去，这时青蛙又说话了：“父亲，母亲，我虽然是青蛙，但是我是从人身上掉下来的，送我到外面干什么，把我放在家里，我要跟你俩住在一块。”

老两口一听青蛙的话，想想也有道理，就把青蛙留下了。老两口想：“我俩不让他到外面去，他在家能做什么呢？”想来想去，觉得青蛙什么也干不了，就把青蛙放到水桶里面了。

过了几年后，有一天，丈夫去犁地，妻子准备送早饭时，青蛙说：“母亲，你每天给父亲去送早饭，今天的早饭我去送吧。”母亲说：“你怎么去送？你把馍馍和茶水怎么能拿得动？”母亲说完后，心里难受极了。

青蛙对母亲说：“你把馍馍和茶水绑在我的脖子上，我能送到。”

母亲听了青蛙的话，帮他绑好后，青蛙蹦蹦跳跳地送去了。

恰好这时候，青蛙的父亲正让牛休息着，而自己坐在地边抽着烟。青蛙跳到地边叫道：“父亲！父亲！”

父亲一听惊呆了，这是谁在喊呢？抬头详细一看，青蛙蹲在地边喊叫着父亲，脖子上绑着馍馍和水壶。

父亲既高兴又害怕地跑到青蛙跟前，小心地取下绑在脖子上的馍馍和水壶，心疼地用手捧上了青蛙，这时鼻子里酸酸的，嘴里念叨着：“我的心肝宝贝，你怎么跳到这儿来了。”心里喜欢得左看看右看看，竟一时忘了吃早饭。

青蛙来到父亲的身边，从身边跳到地里对父亲说：“父亲，您快吃早饭，不然水凉了，吃罢后，您休息一会儿，我去犁地。”

父亲听了这话后心里更加难受和疑惑：“你有什么办法犁地呢？”

“父亲，您边吃边看，看我怎么犁地。”青蛙对父亲这样一说后，就跳到牛的耳朵里面，把牛胳肢起来，又跳到犁的扶手上，开始犁地了。他犁的地又直又好，当早晨太阳升起来不一会儿，就已经犁完了地。

这天晚上，一家三口坐在一块吃晚饭，父母亲一想到青蛙这天犁地的事，就非常高兴，俩人把儿子表扬了一番。青蛙说：“零零碎碎的家务活我做不了，我帮不上什么忙，给我说个媳妇，娶上后，可以帮帮你俩，你俩也轻松些。”父亲一听这些话后，就叹息道：“哎！你这般模样，谁家的女儿给你做媳妇呢？让我去说谁呢？”

青蛙回答说：“父亲，父亲，这事你不要忧愁，听说头人家有三个女儿，打发媒人到头人家去说，头人他不能不给。”

第二天，父亲打发媒人到头人家去了，而头人把媒人骂着赶出了家门。又过了两天，又打发了一个媒人，头人又把媒人打着赶出了家门。于是青蛙很生气，就对母亲说：“明天给我烙两个馍馍，我自己去说。”到了第二天，母亲给青蛙烙了两个大馍馍，青蛙背上馍馍到头人家去了。

到了门口喊到：“头人，头人，开门来。”

这时候，头人正坐在家里喝茶，家中的佣人跑着来给头人说：“主人，有一只青蛙在大门外面正喊您，叫您开门来。”

“什么，你在说什么？”头人一脸的惊讶，“青蛙怎么能说话呢？”

“哎！您还不相信，确确实实地在叫您呀！”佣人抬起头说道。

头人心里一下子憋出气来了，就对佣人说：“快去，往青蛙的身上打一把灰。”

过了一会儿佣人又跑进来说：“那个青蛙说您不把一个女儿许给他做媳妇的话，他笑给您看。”

“他笑能做什么，好好插上门，不要理睬他。”

佣人刚把门插上，青蛙“哈！哈！哈！”地笑了三声，青蛙这一笑口里喷出了火，喷出的火好像要点着房子似的样子。

这时佣人气喘嘘嘘地跑进来说：“主人，您不出去恐怕不行，青蛙一笑，火就着起来，您快到外面去看看。”

头人跑出来，看到火势已经在房上引过来了。头人吓慌了，急急忙忙地跑出去开了门说：“青蛙，你不要笑，我把大女儿给你，做你媳妇。”

青蛙止住了笑声，火也瞬间灭了。

头人对青蛙说：“我把女儿给你做媳妇也行，只不过明天的日子里，你在我家门前栽上树、种上草，让树叶和草变成绿绿葱葱的，我就把女儿给你，做你的媳妇。”

“这事行！”青蛙一口答应了。然后回到家后，挖了好多草根和树根。

到了第二天早上，青蛙把树根和草根一点点地撒到了头人家的门前，然后回头一看，草和树都变绿了。

青蛙站在头人的门前又喊叫：“头人，头人，我已经把草和树叶变成绿的了，你的女儿给不给？”。

头人来到门外面一看，树和草真的变绿了。于是心里想着，这奇怪呀！脸上装出了一副满不在乎的样子，对青蛙说：“哎，你把树和草变成绿的了，可以进我家了。”

青蛙跟着头人慢慢地来到他家，蹲在桌子跟前的一条凳子上。

过了一会儿，头人的妻子来给青蛙说道：“我女儿正在改发，改发完后你娶她走。”

青蛙从凳子上跳下来，跳到门外面了，头人的大女儿披红戴绿地已骑在马上，马背上还驮着一盘手推磨，青蛙问道：“驮上手推磨干什么用？”头人说：“这是我女儿的嫁妆，到你家后，用这磨炒面吃。”

青蛙向两位老人拜谢后，往家返回。青蛙在前面跳着走，头人的大女儿骑着马跟在后面。当走到半路上时，头人的大女儿悄悄地从马背上取下手推磨，往青蛙身上打去，然后调转马头飞快地跑回家了。

第二天，头人坐在炕上拌着炒面，佣人又跑来说：“主人，青蛙又在门前喊您。他说，您说了谎，骗了他。如果您不给他一个女儿当他媳妇，他就哭给您看。”

为什么把青蛙没能打死呢？原来当头人的女儿用手推磨向青蛙打下来时，青蛙从手推磨的磨扇孔中逃出去了。

“他笑能从嘴里喷出火，哭能做什么，不要理睬他。”头人边吃边说，然后叫佣人从房顶去看情况。

这时候，青蛙等了一会儿不见有人出来。就“哇”地哭了几声。

这一哭，地下的水“轰隆隆”地响起来了。青蛙越哭水涨得越高，眼看着把头人的庄廓快要淌倒的样子，佣人紧张地从房顶上下来，给头人说：“快跑，快跑，庄廓快被水淹了。”

头人放下正吃的炒面赶紧跑出来一看，庄廓快被水淹没了，四周的水正翻滚着，头人这下慌了，赶紧打开大门，对青蛙说：“你快停止哭声，我将我的二女儿给你当媳妇。”青蛙止住了哭声，水也淌得小了。

头人进去家门向二女儿说：“你跟他去，你驮上磨石，到半路上后，把那个青蛙打死。”头人给马备上了鞍，牵出来了。让二女儿骑上了马，并驮上了磨石，青蛙向头人问道：“头人，你的女儿拿上磨石又要干什么？”头人回答说：“用这磨石，我女儿磨刀子，用锋利的刀子割肉吃。”

青蛙在前面领路，二女儿骑着马跟在后面，走到半路时，二女儿用磨石向青蛙的身上打去，然后调转马头飞快地往家跑去了。

回到家后，向父母亲说：“这一次我把那个青蛙确实打死了。”头人一听非常高兴，这天晚上，全家杀了一只羊庆祝着。

隔天早上，头人一直睡到太阳照到屁股上

时，还躺在被窝里，头晕脑胀的一身不舒服，好像有地动山摇的感觉。

这时候，佣人爬着进来说："主人，青蛙又来了，正在大门前跳着呢。"

"啊！"头人心里一下子明白了，叫佣人飞快地跑到大门口告诉青蛙，叫他不要跳，说把小女儿给他做媳妇。青蛙停止了跳动，大地的摇晃也就停止了。

头人对小女儿说："你两个姐姐，没有杀死青蛙，现在轮到你头上，不管想什么办法，一定要杀死他。"

小女儿想了一会儿后对父亲说："您三番五次地杀他干什么，我不杀他，他不是一般的青蛙，我愿意给他当媳妇。"

头人听了女儿的话后气得肺都快炸掉似的，就对小女儿说："你走，你跟他去，我没有你这样丢脸的女儿。"把女儿骂着赶出了家门。

头人的小女儿哭着出了门后对青蛙说："我父亲把我赶出了家门，我现在给你做媳妇，我们回家走吧。"

走到路上时，路边的树木、地上的草都绿了，百花齐放，争相斗艳，各种飞禽也唱着婉转动听的歌，这时青蛙高兴极了，青蛙在前面跳着，妻子笑着跟在后面，高高兴兴地一块玩着回家了。

头人的小女儿长得不但俊秀漂亮，家务活干得还样样得心应手。公公和婆婆看到儿媳妇能干、漂亮，就非常心疼、喜欢。一家人和睦相处，过着幸福的生活。

秋天到了，马、牛、羊儿膘肥体壮，黄澄澄的麦穗沉甸甸的，果树上果子累累，呈现出一片丰收的景象。这时人们从四面八方聚在一起开纳顿会，庆祝这丰收的季节。

在纳顿会上，人们穿着节日的盛装，跳着欢乐的安召舞，还有摔跤的、射箭的、赛马的，热闹极了。

刚开始时，青蛙对父母亲说："你们去浪会场，我看家守房。"

父母亲心里想着，你是个青蛙我们想领也不知怎么领你去，然后对青蛙说："那行，你好好看房子。"然后，父亲、母亲和儿媳妇三人一块去浪会场了。

三个人浪到赛马的地方，赛场上非常热闹，人们骑的马像离了弦的箭一样飞驰着。马儿矫健的如同雪山上的狮子一样，敏捷而有力。这些飞奔的马无所畏惧向前方的终点冲去，赛马的人贴在马背上，马快得像闪电一样一闪而过，感觉就像是快要飞起来的样子。其中跑在最前面的一匹白马和马背上的少年英雄非常耀眼。

“这是什么地方的？”“这是谁家的孩子？”人们悄悄地相互打问着。

天黑了，青蛙的家里人也从纳顿会上回来了，青蛙问家人：“今天纳顿会上热闹吗？”父亲说：“今年的项目跟往年差不多，但与往年不同的是今年有个骑着白马的小伙子，在赛马人中出了名并得了第一名，我到老还没见过这么精干、英俊的小伙子。”

“他是谁的儿子呢？”母亲也带着疑惑的口气称赞着。

这时，青蛙低着头一声不响，看样子好像什么都知道似的。

第二天，他们三人一行仍然去游玩，看到昨天的小伙子又来到赛马场骑马，青蛙的媳妇越看越觉得那小伙子就是自己的青蛙丈夫。

第三天，他们三人又去游玩，青蛙的媳妇心里很疑惑，半路上又返回家中，到处寻找青蛙，但不见其踪影，却在木桶旁寻找到了青蛙的外皮。

这时，媳妇的心里一下子明白了怎么回事。“他确实是我的丈夫！”媳妇把丈夫身上的外皮拿在手里越看越生气，认为是这外皮让自己的丈夫变成了那副丑模样，就用尽全力撕着青蛙的外皮，可是太结实，怎么都撕不烂。这时她自言自语地骂道："撕不破，难道还烧不烂吗？"媳妇吹着了火，把皮子扔进了火堆里，皮子正在燃烧时，青蛙发疯似地跑了进来，一下子从火堆里捡起外皮一看，烧的只剩下一小块了，丈夫跺着脚说道："你这下闯了大祸，外皮烧得太早，现在怎么办呢？再也没有办法挽救了。"

丈夫急得直冒冷汗，他擦着头上的汗给媳妇说道："现在说什么也晚了，你快点把这些灰堆在一起，装在袋子里背到高山上去均匀地分成三份撒向四面八方，然后虔心地祷告：让天下所有的人都能够得到幸福。"

媳妇把灰收拾干净后，背到高山上，心里因一时高兴，就在撒灰时满不在乎地祷告道："天下人有福者享福也罢，无福者受苦也罢，我却得到了一个好丈夫。"

从此，世上便有了贫富之别。

搜集时间：1987 年

搜集地点：东沟乡洛少村

讲述者：马成仁

搜集整理：乔志良

贪心不足的弟弟

很多年前，有兄弟两个。哥哥叫赛斯格德，是个非常勤劳的老实人；弟弟叫莫斯格德，是个贪心不足的人。

他们的父亲临死前，把兄弟俩叫到跟前说："我好比一盏灯，油已经熬干了，活不了多少时间了，我死后你俩不要分家，把家业守好，要互相帮助，才能过上好日子。"并再三嘱托老二说："你哥哥是个老实人，劳动踏实，又没有坏心眼，恐怕受别人的欺负，你要好好照顾他。"弟弟听了父亲的话，连连点头，满口答应。

没过多久，父亲就去世了。

兄弟俩牢记父亲的话，起鸡叫，睡半夜，辛勤劳动，日子渐渐地好起来了。

可老二结婚后，情况就变了。老二开始嫌弃他哥哥了，再加上他的老婆总枕边风："弟兄迟早要分家的，我怕好房子、好地被老大分走。"于是没过几天两口子在枕头上便打起了坏主意，要把老大撵出门去。

三天春节没过完，弟弟就提出要分家。

老大说："父亲说了，我俩不能分家呀！"

老二说："我昨晚上做了个梦，父亲叫我俩分家，叫你到荒山野洼里去种庄稼，叫我守好家。"老实的哥哥信以为真，就答应分家了。

就在正月初四那天，弟弟催着哥哥到荒山野洼里去安家，弟弟分给他一匹快要老死的骟马，一头瘦得拉不下屎的犍牛，和几只过不了二月就要死的公羊，还分给他几升青稞。老大被撵出来后，只好在荒山野洼里搭起一间窝棚住着。

老大在荒山野洼的窝棚里没住上几天，马、牛、羊就死了，到春耕下种的时候，粮食也快吃完了。到最后只剩下一升青稞，老大就把它种上了。小苗长出后，又是拔草，又是松土，老大管理得可细心了。真是庄稼不负苦心人，到秋后，有一株青稞长得像树一般高，老大非常高兴，不分昼夜守护着青稞树，一时也不离开。

有一天，一阵雷雨过后，天空晴朗，花草、树木和成熟的庄稼经雷雨的洗礼，格外清新。这时一只飞翔的大鹏鸟发现地下一个荒山野洼里有一株奇特的树，猛然飞下想落脚在树上，可鹏鸟太大，把青稞给踩断了。老大特别伤心，扶着被踩断的青稞，悲痛欲绝，哭声阵阵，感动了大鹏鸟。

大鹏鸟说："你不要哭，我给你找生活的出路。你骑在我的背上，闭上你的眼睛，随我走吧。"

于是，大鹏鸟把老大背在背上，飞上了万里长空，越过了不知多少个高山大海，最后降落在一个遍地黄金的地方，便叫老大睁开眼睛。

老大睁开眼一看，遍地是金灿灿的东西。老实的老大不知道这就是黄金。大鹏鸟告诉他说：“赶快拾，能拿多少就拿多少。”老大把黄金装满了怀，就说：“再不能拿了！”

大鹏鸟说：“那好！我们回去吧！”

大鹏鸟把老大送回原地，指着黄金对老大说：“有了这个东西，你就可以买马、牛、羊、房子、粮食了。”说罢就飞走了。

第二天，老大拿了一块黄金，到财主家买来了一匹马、几头牛、一群羊。第三天又买来了一些粮食。第四天还买了三间房子，重新生活起来了。

勤劳的老大，仍然每天上山放牧，下地干活，依靠他勤劳的双手，日子过得富裕了。可是家里缺一个人给他做饭、缝衣服和照料家务，日子过得很忙乱。

有一天早晨，他和往常一样赶着牛群、羊群上高山顶上去放牧。看见有一条彩虹，慢慢从天上降落下来，落在野花丛中，变成了一朵艳丽的红牡丹。老大跑去一看，牡丹的花蕊上滚动着晶莹的露珠，分外好看。他就把牡丹轻轻地折下来拿回家，插在花瓶里，放在自己的炕头上，看哪，看哪，越看越爱看。

第二天早上起来一看，花、花瓶都不见了。他急得叫了起来："我的哇麻其吉（莲花）哪里去了？"这时听见一个女人从厨房里答应道："在这里呢！"老大很惊奇，忙跑到厨房里去看，原来有一个女人！她穿的七彩的花袖衫，颜色就跟昨天从天上降下的那条彩虹一样。她的容貌就像昨天折来的那朵牡丹花样的艳丽。她的一双眼睛就像花蕊中滚动的晶莹露珠一样迷人。老大忙问："你是谁家的？"

女人羞答答地说："是赛斯格德家的！"说着端出香喷喷的油煎饼和清香的浓奶茶。

老大被眼前的情景弄得莫明其妙，自言自语地说："这是梦呢？还是真的呢？"

女人笑着说："你又没睡觉，怎么会是做梦呢！"

"你叫什么名字？"老大问。

女人说："你不是刚才叫我的名字了吗？"

"我没有叫啊！"

"你怎么没叫，你叫哇麻其吉哪里去了，我说在这里呢，你就跑来了。"

老大一下子心里明白了，原来她就是昨天折来的红牡丹啊。

从此后牡丹仙女哇麻其吉便做了老大的妻子，夫妻俩恩恩爱爱地过着富裕、甜蜜的生活。他俩上午一同下地干活，下午一同上山放牧，形影不离。

这个消息传遍了整个村庄，也传进了老二莫斯格德两口子的耳朵里。

好吃懒做的莫斯格德，第二天一大早起来便驮了不少好吃的、好穿的，快马加鞭，赶到他哥哥住的深山洼里。一进门就假惺惺地说："哥哥！哥哥！你娶了这么干散的嫂子，也不给弟弟说一声！我今天给你俩恭喜来了。"老大见弟弟远道而来，非常高兴，让进里屋亲热地聊了起来。弟弟便问哥哥的日子是怎么富起来的，怎么娶到了这个牡丹似的嫂子。

老实的老大把事情一一告诉了贪心不足的弟弟。

老二回到家里，把哥哥家里看到的和听到的向他的老婆说了一遍，两个人立即打起主意来。

第二天，老二也去荒山野洼种起了青稞，但不论怎样也长不成树那样大。他索性弄起假来，砍来一株树，做了一株假青稞树，插在那里，昼夜守着。

有一天，大鹏鸟飞来，又落在青稞树上，树被踩断了。他假装哭啊，哭啊，哭个不停。

大鹏鸟说："你不要哭，我背你到一个地方，取黄金去。"老二一听高兴坏了。他拿了一条大毛口袋和一条长毛绳，爬上大鹏鸟的背。大鹏鸟带他飞到了出黄金的地方。他看见数不清的黄金，情不自禁地大喊起来："哈！哈！这么多的黄金！"他贪婪地拾啊，拾啊，毛口袋拾满了还不罢休，还想拿毛绳捆一大捆。大鹏鸟问："拾够了吗？"

他说："没有呢。"

过了一会儿大鹏鸟又问："拿够了吧？"

他说："还没够呢！"

正在这当儿，东方的蓝天突然变红了，接着辉煌的太阳升上了山顶，强烈的阳光向箭一样射过来。这时，大鹏鸟便扔下老二自己飞走了。贪婪的老二也被烧成了一把灰，而家里也丢下了个贪心不足的寡妇，还天天盼着她那贪心不足的男人背着一大捆、一大口袋黄金回来呢！

搜集时间：1982 年

搜集地点：东山乡白牙合村

讲述者：牛李氏老奶奶

搜集整理：李友楼

放猪奶奶与妖魔

从前，有一位老奶奶，没有儿女。一个人在庄子里以放猪为生。庄子里的人都叫她放猪奶奶。

有一天，放猪奶奶赶着猪，来到离家很远的蕨麻滩放猪。那天，妖魔刚好从那里经过，看见放猪的奶奶，高兴坏了。他来到放猪奶奶面前说：“哎！老婆娘，你给我送来这么多猪很好，这几天我的食物刚吃完，我正在寻找吃的东西，现在正好，我全收下了。你回家把自己收拾干净，今天晚上我还要来吃你！”说完把所有的猪都赶走了，走时还打冷笑。

妖魔抢走了猪，还想来吃放猪奶奶，放猪奶奶害怕了，发愁了，慢慢往家里走。在回家的路上，碰上了碌碡阿吾，碌碡阿吾看见放猪奶奶发愁的样子，便问：“哎！放猪奶奶，每天你放猪回家都高兴地合不拢嘴，今天你怎么了，这么早就回来了。你的猪谁看着呢？你有什么烦恼，怎么哭着回来了？”放猪奶奶听见碌碡阿吾的问话，心里更加不好受，哭着说：“我的好碌碡阿吾哩，我不发愁谁发愁！我一辈子放猪度日，今天很糟糕，遇上了那吃人的妖魔，猪全部被他抢去了，晚上还要来吃我。现在我怎么办？”“噢！放猪奶奶，你别发愁，心放宽，今晚你炖一壶奶茶，烙些油馍馍，我来给你做伴。”放猪奶奶不放心地问：“准备点吃喝没问题，你来做伴能收拾那妖魔吗？”“啊呀！放猪奶奶你别怕，那些事我都给你包了。”放猪奶奶谢过碌碡阿吾后又哭着回家，走到半路碰上了粪便阿吾，粪便阿吾问：“哎！放猪的奶奶，你今天怎么这么发愁？”放猪奶奶把遇到妖魔的经过一说，粪便阿吾听后拍着腔子说：“哎！放猪奶奶，你别发愁，心放宽。回家后肥肥烙上些油饼饼，酽酽炖上一壶茶。今晚我一定来陪你，没什么事！”放猪奶奶谢过粪便阿吾，又哭着回家，路上又碰上了青蛙阿吾。青蛙阿吾看到放猪奶奶发愁、烦恼的样子就问了问。放猪老奶奶向青蛙阿吾说了遇上妖魔的经过。青蛙阿吾听了后说：“哎！放猪奶奶，你老人家一辈子帮助别人，为别人干得好事说不完！你的这事我们一定会帮忙的，你别发愁。今晚我来陪你，我跟他比一比！”放猪奶奶谢过青蛙阿吾往回走，路上又碰上了鸡蛋阿吾、剪子阿吾、锥子阿吾。他们一个个热情地说：“说什么今晚也一定来陪你，哪怕是天塌下来，我们也不让放猪奶奶吃亏，把吃人的妖魔狠狠地教训教训。他把放猪奶奶身上的毛动一撮试试看，要掉他的命。”

放猪奶奶想，今天路上碰上了这么多好心人，他们能抵得过妖魔吗，他们有什么本事斗得过妖魔呢?

放猪奶奶闷闷不乐地回到家，又半信半疑地烙好油馍馍，炖好酽酽的一壶茶，等碌碡阿吾们的到来。到了晚上，碌碡阿吾们先后到了放猪奶奶的家。大家吃饱油馍馍，喝足茶，商量好怎样陪放猪奶奶，这样那样定好后回到自己守候的地点。

到了半夜，突然刮来一阵大黑旋风，黑旋风的后面吃人的妖魔就到了，对着放猪奶奶喊到："哎！老婆娘！你睡在铁炕上了嘛睡在泥炕上了？"放猪奶奶小心地说："我睡在塌泥炕上。"妖魔疯了一般，跳着笑着问："哎！老婆娘！从头上吃还是从屁股上吃？"放猪奶奶害怕极了，一想，我年岁也大了，吃了就吃了吧；又一想，今晚来陪的碌碡阿吾们那么多，我不用怕。胆子一大，说："坏良心的！你是来吃我的，你想吃哪里就从哪里吃，问那么多干啥！"妖魔心想：嗨！这个老婆娘，嘴还硬，我看你胆子有多大！一步跳到炕上，把被子拉到一边。这时，躲在被子里面的锥子阿吾，用力在妖魔嘴上戳了一锥子。妖魔疼地喊了起来："啊哟！"妖魔的两只眼睛里就像喷出火一样，但又忍着疼痛说："你这个老婆娘的屁股上长着铁刺吗？坐，坐，坐，我从头上吃，看你敢把我怎么样。”妖魔转身去吃放猪奶奶的头，呲牙咧嘴地刚要咬，躲在枕头下面的剪子阿吾用力一剪子把妖魔的嘴剪了个大口子。妖魔疼得喊天喊地，耳朵里“吱”地一响，差点昏了过去，嘴里疯了般地喊着：“啊哟，啊哟！你这个老婆娘，老鬼，你厉害，你头上长着铁嘴吗？你坐，坐，坐，我把灯点上，亮亮敞敞地吃，看你能把我怎么样！”妖魔喊着从炕上下来，紧张地一下子爬到灶火门前，抓了一把烧柴往灶火里扔去，低头吹火。这时，灶火里躲的鸡蛋阿吾“砰”地一声，把妖魔的两只眼睛炸瞎了。他的脑子里“轰”地一响，疼得跳了起来，暴跳如雷，疯也似地喊道：“哎哟哟，呸！今晚怎么了，这黑窑洞似的晚上，灶火里射我，我现在把眼睛用水擦一擦，不管怎样不能把眼睛瞎掉！”妖魔刚摸到水缸边准备舀水，被躲在水缸里的青蛙阿吾跳出来，用力一把掌打在妖魔的脸上，打掉了前门牙。吃人妖魔的脸也被打得发烧了，好像用针扎一样地疼，捧着脸又喊又吼，“哎哟哟，呸！你这老鬼，喂养的是什么神鬼，还跟我当对头。好！让你多活几天，你等着，我就不相信明天吃不掉你！”喊着、吼着，狂奔而去。刚跑到门槛上，就踩在门槛上等候多时的粪便阿吾身上，“嗖”地滑了个四脚朝天，还没等爬起来，门头顶等着的碌碡阿吾“砰咚咚”地滚下来，把吃人的妖魔碾死了。

从此以后，这个地方的人们不怕吃人的妖魔了，一心过着平安幸福的生活。

搜集时间：1984 年 12 月

流传地区：互助县东沟、东山地区

讲述者：东国福，男，53 岁

搜集整理：东仁增　席元麟

三兄弟学艺

有一家老两口，生了三个儿子，一个比一个聪明伶俐，招人喜爱。

俗话说："只怕不养，不怕不长。"一晃十几年过去了，三兄弟都已长大成人了。老大是二十岁，老二是十八岁，老三也已经十六岁了。

有一天，老两口商量，叫三个儿子出门闯一闯，见见世面，学学手艺，将来好过日子。"天下的老子，爱的是小的"，老三年纪还小，要出门去闯，老阿妈还有些不放心，但犟不过老阿爷，勉强同意叫他也去闯一闯。

这一天早饭后，老两口把三个儿子叫到跟前说："你们三个已经长大成人了，但没有学到一点活人的本事，现在给你们每人一百两银子作为盘缠，到外面拜师学艺去。三年后，你们学好手艺回家，就给你们娶媳妇，成家立业。"

兄弟三人做了一番准备就出门了，老两口送到门外千叮咛万嘱咐，一定要用心学艺，节省花钱，把钱花到正路上。阿妈还叮嘱老大和老二照顾好老三。

三兄弟离开家后，顺着大路走了三天。"在

家千日好，出门一时难。”虽然身上带着银子，但渴了一时找不到水喝，饿了一时找不到饭吃，赶不上站还得在野外露宿。

这天，他们走到一个三岔路口。兄弟三人商量，从此分三路走，各自去学艺。为了三年后在此碰头，便栽下了三棵树。大哥栽了棵大的，二哥栽了棵中等的，三弟栽了棵小的。并约定：三年后的今天，在此会齐，一同回家。如果谁早到了，就在此等三天，三天后再不见人，就砍倒自己的树回家，后来的人就知道你已回家了。

自从三岔路分别后，三兄弟各走各的路，又走了三天。

老大走进了一座工匠城，那里到处是金、银、铜、铁匠铺，匠人手艺一个比一个高，所做器皿一个比一个精巧别致。他拿出一百两银子做本钱，认了一个技艺高超的师傅，学起了铜匠手艺。三年后，不但学成了高超手艺，还挣了不少银子。他高兴地买了一匹好马，驮上银子，骑马回家。

老二走进了一座繁华的商城，那里到处是做买卖的铺子，各色货物齐全，一家比一家富有。他也拿出一百两银子做本钱，认了一个能写能算的师傅，学起做生意来。三年后，不仅学会了做生意，还赚了好多的银子。他高兴地买了一匹骡子，驮了银子，骑了回家。

老三走进了一座热闹的歌舞城，那里到处是弹、奏、歌、舞的场所，尤其使老三感兴趣的是一位白须老人弹的三弦儿。那优美动听的乐声，能使树上的鸟儿落下来。他同样拿出一百两银子，买了一把三弦，拜白须老人为师，学起了弹奏三弦。他很聪明，一学就会，师傅很喜欢他，便把所学曲调毫无保留地教给了老三。三年后，老三弹起三弦来，也能使树上的鸟儿落下来。这时他的一百两银子也已花光，便辞别师傅，背上三弦，步行回家了。

走到三岔路口，约定会齐时间已经过去三天了。老大、老二的树已经砍倒了，他知道两位哥哥等不及已先回家了，他心里很难过。于是，他忍饥挨饿，不顾疲劳，日夜赶路。

当他疲惫不堪地回到家门口时，见门口拴着骡马，便知两位哥哥是满载而归。进了家门，看见阿爸阿妈健在，他十分高兴，但是他们看到老三背着一把三弦狼狈地回家来，好像一个乞丐。阿爸一见这种情景，不由怒火上升，开口骂道："你这不争气的畜牲。我叫你去学手艺，谁叫你去学成乞丐了？你既然学了乞丐行当，那不干脆去要饭，回家干啥来了？"两个哥哥也向他投来鄙视的目光。阿妈只是看着老三哭，想庇护，但看见老阿爷凶恶的样子，一句话也说不出来。

可怜的老三看了家里人不同的脸色，觉得情况不妙，只好离开了家。

他走投无路，走着，哭着，想着，不觉来到一个大湖边，想投湖自尽。这时，银盘似的月亮升上了天空，照得湖水湛蓝湛蓝的。老三坐在湖边的一块大石头上，心想：我就要离开人世了，让我把花了三年心血学来的曲调全部弹完再投湖吧！他从背上取下三弦弹了起来，那悦耳的曲调一个比一个哀伤。

这天晚上，风平浪静，明月高照。湖神爷爷、湖神奶奶和他们的三个女儿正在赏月。这时，从湖边传来三弦声，那悠扬悲怨的琴声飘然而至。是什么人在弹如此悲哀的琴声呢？他肯定有无限的委屈！湖神爷爷让大姑娘去岸上看一看，大姑娘来到岸上一看，原来是一个要饭的小孩在那里弹三弦，她不以为然地回来了。

“弹三弦的是什么人？”湖神爷爷问。

大姑娘回答：“是个要饭的尕娃。”

“你只听声不听音，二姑娘你去看看。”

二姑娘到岸上一看，就是个要饭的尕娃在那里弹三弦，也不以为然地回来了。

“弹三弦的是什么人？”

“就是个要饭的尕娃。”

“又是个不知音的。三姑娘你出去看看！”

三姑娘到岸上一看，是个很干散的小伙子在弹三弦，但弹得太悲哀，弹得山雀忘记叫了、鱼虾忘记游了。

“弹三弦的尕阿哥，我阿爸阿妈叫你，你有什么冤枉给二位老人家说，他们会帮助你的。”三姑娘很同情地对老三说。

老三听了三姑娘的话又惊又喜，惊的是不知从哪里来了个这么漂亮温情的姑娘，喜的是有人同情他，使他不至于走绝望的死路。于是他就跟着三姑娘到了湖神爷爷家里。

“干散的小伙子，你的三弦弹得那么悲哀，你有什么委屈，使你如此伤心呢？”湖神爷爷问道。

“好我的阿爹、阿尼呀，我下苦功夫学了三年三弦，花掉了一百两银子，可是没法靠它谋生，只学了个要饭的行当。我阿爸嫌我，把我撵出来了。我没处来呀没处去，真想跳湖自尽，我不委屈谁委屈，我不伤心谁伤心！”老三说完话，眼泪像断了线的嘛呢串珠，哗哗地流下来，滚到衣襟和袖子上。

湖神爷爷和湖神奶奶好言宽慰，劝他不要伤心，劝他珍惜生命，并以名茶佳肴热情招待，然后请他把所学曲调都弹给他们听。老三弹了三天三夜，他弹起欢乐的曲调，湖里的鱼虾跟着跳舞。他弹起悲哀的曲调，湖里的鱼虾跟着流泪。湖神爷爷和湖神奶奶听得入了神。大姑娘和二姑娘听了一阵都走了，唯独三姑娘随着三弦的曲调变换，时而欢乐，时而悲泣，是个知音知情的小姐。

到了第四天，三姑娘悄悄对老三说："今天我的阿爸阿妈要招待你，准备给你很多的金银珠宝，叫你回家过富裕的生活。但依我看，你就甭要金银珠宝，专要他们珍藏的一个琉璃瓦瓶子，那可是一个宝贝，你想要啥，它就会给你啥。你一定把琉璃瓦瓶子要上啊！"

老三听了三姑娘的话，不要金，不要银，只要琉璃宝瓶。湖神爷爷和湖神奶奶很惊奇，他俩商量许久才答应。

老三拿上琉璃宝瓶，背上三弦，深情地告别了湖神爷爷和湖神奶奶，就启程回家了。他走啊走，走了大半天，又饿又渴。他坐在绿茵茵的草滩上，想起了三姑娘说过的话，就拿出琉璃瓶子，想试试它灵不灵。

"琉璃瓶啊琉璃瓶！我想要个媳妇给我做饭吃。"话音未落，三姑娘从琉璃瓶中跳出来给他做饭。

老三看见瓶子里出来的是三姑娘，高兴得合不上嘴，便自言自语道："你叫我专要琉璃宝瓶，原来如此啊！"

不一会儿饭就做好了，三姑娘准备进瓶子

去，老三却把瓶子揣在怀里不让她进。

“你不是肚子饿了要吃饭吗？”三姑娘羞红了脸小声说。

“是肚子饿了，要吃饭。”老三笑个不停。

“你先把瓶子给我。你吃了饭，再揣上瓶子，今天晚上无论如何你得赶到你家那块大平地里。”三姑娘说着把饭碗端给老三。老三把瓶子还给三姑娘，端起饭碗大口大口地吃了起来。

“我说的话你一定记牢。”三姑娘说完原回到瓶子里。

“记下了，记下了！”老三揣上琉璃宝瓶急忙赶路。到了半夜他已赶到自家的大平地里。这时，三姑娘从宝瓶里出来对老三说：“你在这里好好休息一下，我要打庄廓、盖房子，你不要管我，更不要喊我。”说罢，三姑娘东走走，西看看，好像小孩们在地上画房子玩一样。当鸡叫头遍时，三姑娘已打好庄廓，盖好房子，并叫老三到家里去坐。老三看到打好的庄廓、新盖的房子，高兴得合不上嘴，惊讶得说不出话来。

三姑娘说：“从今以后，我俩就在这里过日子了，但可不能不认我们的阿爸、阿妈、哥哥、嫂子呀！今天你去把他们请来，我们团聚团聚。”

“前几天，他们刚把我从家里撵出来，现在怎么好意思到我的家中来，我也不想去请他们。”

老三还生着气。

三姑娘劝解说："你出门已经三年了。你在我家三天三夜，在人间已经是三年了。你的两个哥哥已经成家，你已有两个嫂子了，你还生他们什么气呀！"

老三听了三姑娘的话，转怒为喜，向离开三年的家走去。

自老三离家后，老大、老二凭着手里的钱财，很快都娶了媳妇成了家。妯娌两个容貌还看得过去，但茶饭不会做，针线拿不起，好吃懒做。两位老人看不过去，气得离开家门，已好久没回家了。

老三来到家里，请两位哥哥到自己家里去，两位哥哥不解地问："你叫我俩到哪里去？"

"到我家里吃饭去！"

两位哥哥莫名其妙地跟着老三走，走不多远，看到大块地里的新庄廓，惊得目瞪口呆。他俩心想：昨天还是一块耕地，怎么一夜之间打起一座新庄廓，盖起新房子了，是在做梦还是见了鬼？正在胡思乱想的时候，不觉走进了新庄廓。只见庭院里盖起了新大房，屋里炕上铺着红、白毛毡，炕上摆着炕桌。两位哥哥刚在炕上坐定，只见一个年轻美貌的新媳妇，端上丰盛的茶饭来。过了一会儿，新媳妇又揪起了面片。只见她一边烧火，一边揪面片，手脚灵巧麻利。忽然，一片面叶落在她的绣花云鞋尖上，她轻轻一动脚，面片飞进了锅里。两个哥哥看到这杂技似的动作，面面相觑，很有感触。

两位哥哥吃罢饭，三步并作两步跑回自己家里，急忙叫来自己的媳妇说："老三的媳妇做得饭，比给佛爷献的供品还好吃。这还不说，揪面片时，面叶落在脚尖上，她把脚轻轻一踢，面叶子飞进锅里，那手艺巧得简直没法说呀！"

两位嫂子听了不以为然地说："明天把老三两口子叫来，我俩也做顿饭，让他俩看看我们的手艺。"

第二天，两位哥哥就把老三两口子请来了。两个嫂子为了显示自己的手艺，也做了面片。揪面片时，故意把一叶面片掉在脚上，猛地把脚往上挑，结果没把面叶子挑起来，反而把鞋子踢进了锅里，真是丢了丑。两妯娌见弟媳捂住嘴在那里偷笑，羞得顾不上捞鞋转身逃走了。

两位哥哥见自己的媳妇丢了丑，脸红到了耳根子。

聪明的弟媳为了打破尴尬，就对哥哥们说："明天我请阿爸阿妈到我家吃饭，我们现在就回去准备。"说罢，老三两口子动身回家。

阿爸阿妈听说三年没回家的老三突然回来了，还领来了一个美貌能干的媳妇，就急忙赶回家来。刚到门口，正好碰上老三两口子从家里出来。阿妈抓住儿子、儿媳的手哭了起来，阿爸一句话也说不出口了。

老三说：“兄弟分居，阿爸阿妈跟最小的生活是我们这里自古以来的习俗，哥嫂们不要见怪，现在，我就领上阿爸阿妈回家去了。”

老三两口子非常孝敬阿爸阿妈，他们自此过着幸福的生活。

搜集时间：1984 年

搜集地点：东山乡白牙合村

讲述者：李生多

搜集整理：李友楼　李九燕

孔　雀

从前，在一个土民庄子里，有一个勤劳、美丽的姑娘叫索姐。索姐三岁上就死了阿妈，没人亲、没人疼，家里只有她和她的阿爸。

索姐的阿爸是一个刻薄、爱钱如命的人，不仅对别人，就是对自己的亲生女儿也没有一丝情义。他知道的只是钱，见了钱连眼窝窝都在笑。

索姐长到十七岁，成了全庄子最出众的姑娘。她的脸儿像一朵刚开的芍药花，一双眼睛像花尖上滚动的露珠，乌黑的发辫油亮亮的，庄子上的年轻人，没有一个不被她吸引。小伙子们都希望她能嫁给自己，可是谁也不敢开口，因为大家都知道，她和庄子里的牧羊青年阿布相好。

阿布是一个勇敢、善良的青年，阿爸阿妈早已离开人世，从他记事时起就给人家放羊。他和索姐一块儿长大，从小就非常要好，渐渐地有了很深的感情，他俩经常在一起，不愿分离。等他们年纪大了些，便暗暗订了终身，立下了海誓山盟。

可是，索姐的阿爸不愿意他们相爱，更不愿意女儿嫁给这个一贫如洗的牧羊人。于是逢人就说："我的女儿是世间最美丽的姑娘，我要给她找一个有钱有势的人家，让她一辈子荣华富贵，也让我老头子跟着享享清福！”

他的话一传开，来求婚的人，多得要踏破门槛了。

有一天，来了三个求婚的人。一个是富人的儿子，一个官员的儿子，一个头人的儿子。富人的儿子瘦得像根干柴棒，官员的儿子矮得像把小笤帚，头人的儿子胖得像条石碌碡。三人站在一起，瘦高的瘦高，低矮的低矮，肥胖的肥胖，真让人笑破肚皮。上门来时，三人都装得很懂规矩，斯斯文文，像念书人一样。

富人的儿子抢先向姑娘开口了：“美貌的姑娘，嫁给我吧，我家金银堆得像山一样高，我家的田地像天一样辽阔，你做了我的妻子，一辈子有享不尽的幸福、受不尽的荣华。”

索姐听了，连头也没抬，只是“嘿嘿”一笑。

富人的儿子尴尬地退到后面去了。

长得像笤帚似的官员的儿子抢到跟前，恭恭敬敬地向索姐作了一个揖，说道：“美丽的姑娘，嫁给我吧，我的阿爸是官员，这里的庶民都归他管。我家有像赤列布山那样的金银，有像青海湖那样多的珠宝。你嫁给了我，不光享福，还要当小太太，光光鲜鲜，这样才不辜负你的美丽！”

索姐听了，连看都没看一眼，冷冷地笑了一声。

官员的儿子红着脸退到了一边。

头人的儿子胖乎乎地跪在姑娘面前说："世间最美丽的姑娘，在我心中像仙女一样的姑娘，嫁给我吧。我家的草原辽阔无边，我家的牛羊数都数不清。你要是嫁给我呀，喷香的肉食挑着吃，高贵的皮衣拣着穿，最美的地方选着住……"

索姐没等他说完，一甩袖，转身走了。

头人的儿子也灰溜溜地退到一边。

过了一阵，三个求婚的人像冬天的瘪萝卜，愁眉苦脸、无精打采地走了。

索姐拒绝了三个富有的求婚人，可气坏了她的阿爸。求婚的人一走，他再也顾不得什么了，拿起顶门棍，把索姐毒打了一顿，直打得遍体鳞伤。但这并没有使索姐屈服，她心里只有牧羊青年阿布。

索姐心中的痛苦无处诉说，她来到野地，面对青山唱诉：

风儿啊，
吹散了我的头发！
阿哥啊，
你何时来到我的面前？
……

风像长了翅膀把姑娘的歌声送到了还在深山放牧的牧羊青年阿布耳中，歌声使他的心快要碎了。他不顾一切，撇下羊群，来到了姑娘身边。

索姐向阿布诉说了她因拒绝三个求婚人而被阿爸毒打的经过。

阿布听着，心如刀绞，泪如泉涌，心血化作火焰直往外冲，他不忍索姐再为自己受折磨。他拉着索姐的手痛苦地说："我的阿妹啊，你的恩情我今生报答不完，如果你能得到幸福，就离开穷苦的阿布吧！"

"江河不会倒流，太阳不会西升，我的心永远跟着阿布哥的心跳动！"索姐对着阿布说出了自己肺腑之言。

向索姐求婚的三个人碰了钉子，他们恼羞成怒，商量着如何把索姐弄到手。他们走出姑娘的家门，就鬼鬼祟祟地商量起来，最后商定：先把阿布关起来，然后再打索姐的主意。三个人各怀鬼胎，个个三步并作两步，急急忙忙跑回各自的家。

官员的儿子跑回家向阿爸添油加醋地诉说了求婚的经过。这下可把官员气坏了，马上派人把阿布抓进了牢房。

夜，黑得像锅底。阿布蹲在牢房里，思念着索姐，他用凄惨的歌声唱道：

黑黝黝的云吞没了月亮，
夜啊，为什么这样黑暗？
难道暴风雨就要降临？

亲人啊，相信吧！
我的心像巍峨的赤列布山，
再大的风暴也难动摇！
我的爱似大通河的流水，
千年万代永向东流！
仰望着天边那颗金星，
我等待着黎明，
啊！等待着黎明！……

天空响起了滚滚雷声，阿布的歌声被吞没在黑夜的暴风雨中。

索姐知道阿布被关进牢房，她的心像被铁锤敲打。多难熬的夜啊！雷声在轰鸣，姑娘的心在呼号，雨在往下倾倒，姑娘的眼泪像决了堤的水。

第二天，官员派人来逼婚。索姐的阿爸知道来硬的不行，便用好话劝女儿答应。老头子没想到女儿竟答应了，但提出立刻把阿布放出来，让他们每天见三次面，三天以后再作商议。

阿布被放出来了，他和索姐每天会面三次。他俩在一起倾吐心曲深情，并暗暗约定第三天晚上乘机逃走。

可是，多么不幸！这事被索姐的阿爸知道了。老头子气得发抖，又把索姐毒打了一顿，然后关进了黑房子。

从此，阿布再也见不到索姐了。怀念、思恋使他痛苦、心焦。每当黄昏，他面对落日，倾诉自己的心曲：

太阳啊，

我们分别了，

当又一个黎明来到时，

我们又重新相见了。

亲人啊，

我们分别了，

在哪一个黎明来到时，

我们才能相会？

唱着，唱着，晚霞消散了，歌声在天空落日的余辉里荡漾。夜晚来到了，阿布对着月亮唱，对着无数的星星唱。他的歌声传遍了草原，绕过了密林，在四野飞扬，在山川回荡。他无家可归，四处游荡、歌唱。

阿布来到一个湖畔，湖水浩渺汹涌。他在湖边踯躅徘徊，感情的波涛同湖水一起激扬。

傍晚，湖景是美妙幽静的，晶莹的月儿映在湖水中，银色的月光碎银似地撒在湖面上，阿布对着湖水歌唱：

湖水啊，

你能使鱼儿成双成对，

为什么不能使我和爱人相会？

月亮啊，

你柔美的光亮照遍天下，

为什么不能让我和爱人一起歌唱?

阿布发自肺腑的歌声，凄惨忧忿，挚烈感人。他的歌声刚落，忽然水面上冒出一朵荷花，花心上坐着一位慈祥的白发老人。他笑盈盈地向阿布说："诚挚的牧羊人，去吧！姑娘为你哭肿了眼睛，哭碎了心！现在她最需要亲人的安慰啊！"说着递给他一根孔雀毛，说："把羽毛插在头上，你想到什么地方，就可以飞到什么地方。去吧，勇敢的年轻人，我愿你们幸福！"

老人笑着向牧羊人点了点头，刹时就和荷花一起不见了。

发愣的阿布突然明白过来，他照老人的吩咐，把羽毛插在头上，变成一只美丽的孔雀，展翅向索妲家飞去。

虽然狠心的阿爸把索妲关进了黑房子，但关不住她的心。她日夜想念着阿布，在睡梦中和阿布一起放牧、唱歌，醒来时却孤零零一个人，她的眼泪哭干了，身子瘦得不像个人样，可是此时此地有谁同情她呢?

三个求婚的人每天和索妲的阿爸算计。他们用尽了各种办法，都没能使索妲屈服。最后没有办法，三个人整天整夜在黑房子外唱庸俗下流的求爱歌。唱着唱着，把肚子里装着的都倒尽了，但姑娘却像没听见一样。最后没唱的了，便反复唱他们觉得过瘾的那几首淫曲。夜深了，他们唱得精疲力竭，像死猪一样拉呼噜的时候，孔雀飞来了，落在黑房子窗外，抖下头上那根特别的羽毛，立刻变成了英俊的阿布。他刚要启口，突然从房里传来悲伤的歌声：

月儿啊，
为什么这样暗？
黑夜啊，
为什么这样长？
心上的人啊，
你在何方？
在这黑暗的房子里，
我的痛苦该对谁讲？

阿布听到索姐的歌声，控制不住内心感情的激动，在窗外唱道：

月儿再暗，
也闪着光亮，
夜晚再长，
总出现曙光，
阿妹啊，
你的阿布看你来了，
满腔的痛苦，

请对我讲。

熟悉的歌声使索姐不敢相信自己的耳朵，她疑心自己在梦中。当看到阿布在窗外时，惊得愣住了，悲喜交集，眼泪像泉儿，从脸颊滚落下来。阿布扑在窗前，急得像火燎一样！索姐站在窗里，脸上挂着晶莹的泪珠，看着阿布，满腹的话不知从何说起。阿布终于先开口了，他深情地说："我的索姐啊，你受苦了……"

他再也说不下去了，泪水模糊了眼睛……倒不尽的别情，倾不完的衷肠。他们说呀，说呀，不知不觉，东方发白了，只好相约晚上再相会。

从此，每当夜晚三个求婚者唱乏睡去之后，二人便在窗前幸福地相会。可是窗棂像万丈深沟，把他们隔在两边。

好些日子过去了，他们相会的事被索姐的阿爸知道了。他告诉了三个求婚的人，他们三个惊住了！他们不相信，因为他们整天整夜在黑房子前守着、唱着，并没有看见一个人影，还以为老头子在捉弄他们。

这天晚上，他们都没有睡，要亲眼看个究竟。当孔雀飞来时，个个吓得目瞪口呆，缩成一团，连话都说不出来。第二天，他们定下毒计，要杀害阿布。

夜晚，当那美丽的孔雀飞落在窗外，变为阿

布时，三个暗藏的人突然向他扑来。阿布看着索姐不愿离去，索姐急催：“快走！不要管我！”

阿布还是不走，可把索姐急坏了：“快去找湖神爷去，他会有办法的。”这才提醒了阿布，他把孔雀毛往头上一插，展翅飞走了。

阿布没有歇脚，直飞向湖边。他对着湖水大声呼唤：“湖神爷爷，湖神爷爷，你做做好事吧！难道您只能让我俩见面，不能让我们相聚吗？此时她一个人受苦，我的心像刀割一样！”

阿布刚刚说完，湖面上又出现了荷花，老人坐在上面，还是笑盈盈地说道：“年轻人，你对爱情是忠诚的，我愿成全你们。这样吧，我再给你一根孔雀毛，你把它交给索姐。还有一把瞌睡虫、三根乌鸦毛，用来对付那三个求婚的人。”

阿布非常高兴，他再三拜谢湖神爷爷，带了宝物，又向索姐家飞去。

当又一个黎明快要来到时，他又落在了黑房子的窗前，用瞌睡虫困住了三个蠢猪一样的求婚人，并在他们的头上插上了乌鸦毛，然后把那根美丽的孔雀毛递给了索姐，让她插在头上，索姐也立刻变成了一只美丽的孔雀，轻盈地展开翅膀，飞出了像牢笼一样的黑房子。

一对美丽而自由的孔雀，在蔚蓝的天空翱翔，当他们满怀幸福地迎着初升的太阳飞去时，忽然听到地上有三只老鸦“呱呱”狂叫，这三只老鸦便是那三个求婚的人。

流传地区：民和县官厅一带

搜集整理：王殿

转摘自《中国少数民族民间故事选》

斯仁布

有一位汗王，他只有一个儿子，名叫斯让端智。汗王的正妻去世后，他又续了一房非常漂亮的后妃。过了三年，这位漂亮的后妃突然病了。汗王请来许多有名的医生为后妃治病，但总是治不好。有一天，后妃对汗王说："要治好我的病，只有两个办法，要么用王子斯让端智的心作药引子，要么让斯让端智请来斯满吉国的斯满吉古秀为我治病。"

汗王说："我只有这么一个儿子，要是用他的心作药引子，岂不是要了他的命。你我结婚三年，还没有生育一个孩子，这不让我断子绝孙吗？"十五岁的王子知道后，就对父汗和母妃说："治母妃的病是一件大事，我还是先去请斯满吉古秀吧。"说完带上盘缠，骑上骏马向斯满吉国飞奔而去。

斯让端智来到两国的临界关卡后，对守关的勇士久嘉拉散巴说明了来意，久嘉拉散巴对斯让端智王子说："你去斯满吉国，必然要途经斯仁布魔国，你就会被斯仁布吃掉的。让我把你安全地护送到斯满吉国吧。"说完就一路护送斯让端智王子到达斯满吉国后返回关卡。

斯让端智王子来到斯满吉国，对其汗王说："我的母妃病重，要么吃我的心能治好病，要么只有请斯满吉古秀前去治病，才能治好，希望能得到你的恩准。"

斯满吉国汗王心想：这孩子从遥远的地方来到我国，要经过斯仁布魔国，他能平安到达而不被斯仁布吃掉，可见不是一个一般的孩子，必有过人之处，何不把他招为女婿呢？便对斯让端智说："要让我的斯满吉古秀前去为你母后治病，你要答应我一个条件。"斯让端智问什么条件时，汗王说："我要招你做我的女婿。"斯让端智答应了汗王的条件，和汗王的女儿斯满吉古秀结为夫妻。

夫妻二人度过了蜜月，斯满吉古秀对丈夫说："你母妃的病必须在今年内治疗，如果过了今年就治不好，所以我们必须现在就动身。"

斯让端智说："那我们禀告汗王后就轻装起身。"夫妻俩向汗王禀告后，汗王很爽快地回答道："你们现在已结为夫妻，都是我的孩子。这样吧！你们拿上具有法力的虎皮和法定扎什年前去，这两件法物会对你们会有所帮助的。"

二人轻装上路，很快就来到了临界关卡。守关勇士久嘉拉散巴对斯让端智王子说："几年前，从斯仁布魔国出来三个斯仁布，我已将两个捉拿，还有一个逃脱了，可能去了我们的汗庭。”斯满吉古秀也说：“我也有一种预感，世上哪有吃自己孩子心的人！你母妃要吃你的心，她会是人吗？”然后又对斯让端智说：“你提前赶回去，以稳住你母妃的心，我作完七天法事后马上赶来。”

斯让端智赶回汗庭，汗王非常高兴。王妃看到斯让端智安全归来，生气地想：我是借去请斯满吉古秀之机，在他路过斯仁布魔国时让斯仁布吃了他，怎么就没有吃了他呢?

斯满吉古秀作完七天法事后赶到了汗庭，她让斯让端智将他的母妃扶出来，让她坐在虎皮垫子上。这时斯满吉古秀已经看出这个王妃是斯仁布变的，便以治病为名从后面用法器扎什年猛扎入她的后背，同时大喝一声：“赶快显出原形。”王妃摇了几下头，显出狰狞的斯仁布原形。斯满吉古秀把这个可恶的斯仁布投入油锅中去了。这时斯满吉古秀从王妃身上拿出钥匙，让汗王和斯让端智到她的库房去查看。汗王和斯让端智打开王妃的库房，看到里面堆满了人骨，汗王这才知道自己漂亮的王妃原来竟是吃人的斯仁布。

汗王得知斯让端智和斯满吉古秀已经成亲，便把王位传给了斯让端智。在他们的治理下，百姓们过上了幸福平安的日子。

搜集时间：1988 年

流传地区：威远镇纳家、红崖等村

搜集整理：苏洪斌　乔生华

盲 医

有两个人，一个叫赛孔，他主张为人要行善；一个叫莫孔，他主张为人要做恶。有一天他俩相遇在一个深水池边，相互争论了起来。赛孔说人应该行善才是对的；莫孔说人应该做恶才是对的。他们俩正在激烈争论的时候，对面来了一个人。莫孔说："我俩这样争论没个啥结果，我们问前面来的这个人，他说行善好，你就把我的眼睛挖了，把我扔进这深水池里；如果他说做恶好，我就把你的眼睛挖了，把你扔进这深水池里。"

赛孔说："可以，你问他吧。"

可对面来的那个人也是个坏人，莫孔问了后，他不加思索地说："不干好事害不来，不坏良心不发财；河里的娃娃捞不得，捞了就要衣裳哩。"他边走边说，扬长而去。

莫孔得意地说："怎么样，你输了吧！"接着就动手挖掉了赛孔的眼睛，一脚把赛孔踢到深水池里，得意洋洋地走了。

赛孔被踢到深水池里几乎淹死，幸好这时来了一个驮水的人，把他从深水池里救了出来。

"你为什么两眼流血，掉进深水池里？"驮

水人问赛孔。

赛孔将事情经过向驮水人说了一遍。驮水人听了很同情，就把他领到一座破庙里住下，并说："我是下庄大财主家驮水的长工，离这里有十五里路，每天到这里驮两次水，到时我给你送干粮来，你不要发愁。"

从此，驮水的长工经常给赛孔送干粮。

有一天晚上，满天星光闪闪烁烁。星光之下有三个动物——狼大哥、狐二哥、兔三哥跑进破庙里，说起话来。

狼大哥先说："下庄没有水，他们走出十五里路来担水、驮水，必须经过这条狭长幽谷。因此，我有机会每天吃一个人，或一头驴，生活过的真美。"说着随手拾起一根草棍儿，剔起牙缝来。

狐二哥接着说："下庄大财主的姑娘病了，财主老两口很着急，每天请医生看病，请喇嘛念经，不断往外送'多玛'，我每天都能吃个痛快！"

兔三哥接着说："下庄财主的菜园白菜长得又大又嫩，叫我吃个够。他的白菜为啥长得这样好呢？因为菜园里埋着九坛银子。这个财主真是个笨蛋，如果把银子挖出来，他可以发一笔大财！"

"对、对、对，这个财主是个笨蛋！"狼大哥觉得兔三哥的话很对。它又接着说："下庄那棵老杨树底下就有水，如果叫上九个不同生肖的人，叫他们用铁锹挖，镢头刨，搬开那个大石板，水就出来了。这水不但好喝，而且能治病，瞎子喝了能看见，聋子喝了能听见，哑巴喝了能说话，瘸子喝了能赛跑，但是他们不知道，偏要走出十五里路来驮水，你说他们不是笨蛋吗？”

“对、对、对，我也看他是个笨蛋。”狐二哥也觉得兔三哥的话有理，接着说，“财主门前有九个柴禾堆，我每晚上都在柴禾堆上怪叫，我怪叫一次，财主女儿的病加重一次。他请医生看病吃药，请喇嘛念经送‘多玛’，能治好病吗？如果叫上九个不同生肖的人，点上九个火把，把九个柴禾堆烧了，我没有怪叫的地方，病不就好了！”

赛孔躲在供桌下面，把它们三个讲的话听得一清二楚。

第二天，天刚麻麻亮，驮水的长工就来送干粮，赛孔就问长工：“财主姑娘是不是病了？”

长工说：“财主的姑娘病的时间不短了，老两口只有这么一个姑娘，爱如珍宝，现在病得很重，老两口非常着急，每天请医生看病，请喇嘛念经，病不但不好，而且越来越重。这两天他出了个贴子，谁能看好他姑娘的病，就把姑娘嫁给谁，而且拿出自己家业的一半作为酬谢金。因此，这两天来治病的人更多了，但谁也没能治好她的病。”

“我就有办法治好她的病，你能不能带我去见财主？”赛孔说。

“你真有办法治好姑娘的病？我当然可以带你去。”

“他会不会嫌我是个瞎子，不让我治病吧？”

“他现在只怕自己的姑娘死了，哪还顾上这些了。”

于是长工把赛孔扶上毛驴驮到下庄去。到了财主家门口，先把赛孔藏在门扇背后，然后进去对财主说：“有一个治病的人，他说能治好姑娘的病，我请来了，不过这个人是个麻眼（瞎子），你请不请他来给姑娘治病？”

财主听了长工的话，一时有些犹豫。这时姑娘的舅舅说：“麻眼人里可有好医生，我们不能小看这种人。”

“人在哪里？叫他来治病。”

“他在门外，我叫他来。”

长工把赛孔领到厢房坐下，赛孔就说：“请拿一条长头绳来，一头拴在病人的手腕上，一头给我，我来看病。”

财主老两口很快把绳子一头拴在姑娘手腕上，一头拿来交给赛孔。机灵的赛孔拿着绳头切起脉来。他装模作样地切了一会儿脉，然后慢条斯理地说：“千金得的是狐疑病，是狐狸精怪叫的缘故。

吃药、念经无济于事。赶快请来九个不同生肖的青年人，点下九个火把，把门前的九个柴禾堆烧了，病人立即就会好的，我可以用生命来担保。”

财主很怀疑这种治病的方法，但由于久治不愈，没办法，只好立即叫来不同生肖的九个青年，点着火把，把九堆柴禾烧着。这时狡猾的狐狸被烧得满身是伤，拖着尾巴趔趔趄趄地逃走了。

久病的姑娘立即苏醒过来，睁开双眼，叫阿妈赶快拿饭来，并喊叫："饿死我了！渴死我了！”守护在姑娘跟前的阿妈，一时高兴得流下热泪，忙高声喊人给姑娘备饭。等在屋外面的财主听到老伴喊姑娘要吃饭了，急忙跑进闺房看姑娘，见姑娘病情完全好转也高兴得不得了，叫厨下准备丰盛的饭菜来招待医生。他一再感谢医生把姑娘的病治好了，称赞医生医术高明。看见医生人倒年轻干散，只是双眼是一对酒盅般的深坑，他有些反悔了，心想怎么能把姑娘嫁给一个瞎子呢？最后提到姑娘的婚事时，他说："关于婚事，关于婚事……”说了几遍，最后才说："姑娘病刚好，婚事还得缓办！”

机灵的赛孔猜着了财主的心思就说："先不提婚事了，我还要治好村里的病人。请你叫来九个不同生肖的青年人，带上铁锨、镢头到村庄前面的古杨树下，同时把村里的瞎子、瘸子、聋子、哑巴都叫来，我给他们治病。”

财主听了很高兴，立即叫来九个不同生肖的青年人，带上铁锨、镢头在古杨树下等待。赛孔到现场后，叫他们猛力深挖，不久就挖到石板了。他就说：“搬开石板就出水了，瞎子、瘸子、聋子、哑巴跟着我来，一出水大家就洗。”果然搬掉石板后，下面涌出一股清水，瞎子一洗能看见东西了，聋子一洗能听见声音了，哑巴一洗会说话了，瘸子一洗也不瘸了。赛孔的眼睛一洗也复明了，他变成了一个精干的青年人。

被治好病的这些人，异口同声感谢赛孔，称赞他神奇的医术。全庄的人都感谢赛孔为他们找到了清甜的泉水。从此盲医的高明医术传遍了方圆几十里。

财主看到瞎子变成了一个精干的年轻人，就愿意把女儿嫁给他了，但分一半产业为酬谢金他又感到心痛！机灵的赛孔又看出了财主的心思，他说：“你的姑娘愿不愿嫁给我，让她看了我之后再决定，如果她不愿意，我不勉强。你的家产我一分也不要，请你把菜园里的那三间小屋给我就行了。”财主听了这话心里可高兴了，他热情地请赛孔去看姑娘，姑娘看见赛孔有眼睛，而且长得很精干，满心情愿嫁给赛孔。财主老两口，选了吉日良辰，举行了婚礼，然后把姑娘、女婿安置在菜园的小屋里。小两口子在菜园里挖出了九坛白银，过着丰衣足食的幸福生活。

这件事又成了奇闻，传遍了方圆几十里。

再说莫孔由于作恶多端，他自己得了恐惧病。俗话说："白天不做亏心事，夜半敲门心不慌。"而莫孔得恐惧病后，怕得夜里睡不成觉，一合上眼就看见受害人找他算帐。他听到下庄来了个高明医生就特来看病，结果一见面，才知道高明医生就是被他挖了双眼、扔进深水池的赛孔。

赛孔就是心地善良，他仍然热情地接待莫孔。莫孔问他："我挖了你的双眼，把你扔进了深水池，你怎么又成了高明的医生。"赛孔把事情经过毫不保留地说给了莫孔。

可恶的莫孔不改恶性，也学赛孔当夜跑进破庙里偷听狼、狐、兔的话。

这天晚上又星光闪烁的，满天星斗眨着眼睛，好像要看清人间的善恶一样。莫孔躲在房梁上，一会儿狼、狐、兔三兄弟狼狈地进来了。它们聚在一起又说话了。

"这两天下庄挖出了泉水，没有人到这里挑水、驮水，我吃不上人，也吃不上驴，肚子饿得咕咕叫，谁把我的话传出去了！我看准是你这狡猾的狐狸传出去了，我先吃了你！"说着它张开血盆大嘴就要去咬狐狸的头。

“不是我！不是我！你看财主把柴禾堆烧着，把我烧了个满身伤，还差一点烧死。我看这话一定是狡猾的兔子传出去的。”它边说边把身子摇晃着叫狼看。狼张嘴又去咬兔子。

“冤枉！冤枉！你俩说的话我根本没有传出去。我说的话也叫人家知道了，菜园变成了家院，银子被挖了，白菜没有了，我也三四天没有吃上东西了。”狼一看兔子的可怜相，也相信不是它泄露它们的话，狼就说：“那一定是有人偷听我们的话了。”

这时躲在梁上偷听的莫孔被吓得尿都流出来了，刚好撒在三个野家伙的身上。它们说：“刚进来时天气那么晴，现在为什么下起雨来了！”它们往天上一看，满天星斗在眨眼，往梁上一看，六只明晃晃的眼睛盯住了莫孔，吓得莫孔从梁上摔下来。饿了三四天的狼、狐、兔立刻扑上去饱餐一顿，连骨头也没剩下一根。

你们听了这个故事，仔细想一想，是为善好，还有做恶好？

搜集时间：1982 年

搜集地点：东山乡白牙合村

讲述者：李士仁本

搜集整理：李九燕

传说故事

纽达的传说

俗话说："林子大了什么鸟儿都有，山场大了难免要出怪物。"这话不假，传说龙王山大坂峨博旁边有个山洞，洞口只有水桶大，洞里黑咕隆咚的不知有多深，老人们讲这洞直通东海，洞里住着一条孽龙。每逢洞口冒出烟时，天上就黑云腾空，定有狂风暴雨。对这洞，四方百姓敬若神明，每月初一、十五前去煨桑祭祀，献牛献羊。奇怪的是，若有美貌的阿姑上山牧羊，误走到洞口，就会被平地而起的旋风卷进洞里，再也见不到踪影。

那时，龙王山下索卜滩有弟兄俩，哥哥叫莫日，弟弟叫尼达。哥哥长得肉头肉脑、三角眼、大舌头，肚子里装着个坏心肠；弟弟白白净净很干散，忠厚又勤快。这弟兄俩都看上了土司的女儿腊月花。腊月花的妈妈是土司强娶来的穷人家的女儿，是个天生的"贱人"，她不愿在家伺候土司和土司太太，被迫天天在外放牧牛羊。生下腊月花后，土司见是个女儿，就把她娘儿俩当牲口使唤。腊月花越长越稀奇，美得像花儿一样，莫日和尼达同她从小一块儿挡羊，莫日老欺侮她，尼达处处护着她。有一回，老鹰从天上冲下来叼腊月花怀里的羊羔儿，莫日吓得像只尕拉鸡，头钻到茅草窝里，屁子撅得老高。尼达不顾一切地跑过来，把抛儿绳抡得风响，护住腊月花，直到把老鹰轰走。

日子过得真快，转眼他们三个都成人了。莫日见腊月花对他冷对弟弟热，就起了坏心，为了娶上腊月花，就想害死弟弟。有一天，天刚麻麻亮，莫日就把尼达搡醒，三角眼一瞪，恶狠狠地说："你这个懒干，死猪般地躺着，今天上山打柴去！"于是，弟兄俩上了松花岭。六月日头毒，尼达砍树枝，莫日在树下歇阴凉。崖头上有棵索罗罗树，树上长着索罗罗果，莫日假情假意地对尼达说："我渴得不成了，你去摘些果子来。"尼达不知是计，爬到那根伸出崖外的树枝上去摘，说也奇怪，尼达摘了果子，树枝嘎嘎响却没折，莫日气得直瞪眼。

一计不成又生一计。一天，莫日硬要和尼达上大坂峨博打柴，尼达虽然知道那地方险要，见哥哥硬要去，只好跟着走。他俩到了峨博，见石崖洞旁有一汪水，那是洞里修炼了一千年的东海孽龙吐出的毒涎，他要哄人上当，让口渴的行人喝了毒液，然后借其肉身还魂。

这时莫日正好口渴，见了这汪水就想去喝，

但他怀疑水不甜，就叫尼达先喝，尼达见水不多，只喝了一小口就退到一边。莫日趴下一口接一口大喝起来，喝着喝着觉得头脑发胀，一时间，他的头上长出了肉角，三角眼也像铃铛般地突出来了，手也变成了爪子，身子变粗了，长出一片片绿鳞，这时孽龙就借了莫日的身子变成了王蟒。可怜尼达因喝了毒涎也变成了石头，可他的心还是热的。

王蟒成形，当晚就偷吃牛羊，所到之处飞沙走石，天昏地暗，扰得四下不得安宁，百姓纷纷到镇台衙门递状子，请求派兵除妖。

恰好腊月花在那天晚上梦见尼达顺着丹麻河漂来，有口不说话，有手伸不出，有腿迈不开。腊月花不顾一切扑到河里，抱住冷冰冰的尼达，才知道尼达变成了石头。她哭着喊着上下摸，发觉石头人的心口处是热的。这时，她的耳边好像有人在说："要救尼达，先除王蟒。"说罢，石人就下沉了，腊月花被惊醒了，可她的耳边还在响着"要救尼达，先除王蟒"。

后来，腊月花听说镇台派兵去降王蟒，结果损兵折将，逃回来的人都变成"瓜子"（傻子）了。镇台大人没办法，只好张贴"告示"，谁能降伏王蟒，"赏银千两，骏马千匹"。

腊月花思念尼达，决定上山探听虚实，祈求

神灵保佑。第二天，她把羊赶进山里，就到大坂峨博洞前祷告。猛地，洞口冒出一股青烟，现出一个怪物，头有斗大，额顶长着角，眼睛像铜铃，张着血盆大嘴，披着一身绿鳞。腊月花吓呆了，像拴马桩一样定在那里。

怪物一见腊月花呵呵大笑三声，说："腊月花，你不要怕，我是王蟒神通大，你跟上我，有穿不完的绫罗绸缎，享不尽的富贵荣华。"可这时，吓呆了的腊月花忽然看见洞旁的石人腔子里有一颗心闪动，接着，耳旁响起尼达的悄悄话："腊月花，假答应，快请'纽达'除王蟒……"被吓得昏三愣四的腊月花不知'纽达'是谁，到那里去请？王蟒见腊月花不回话，就两眼冒火星，伸出利爪来抓腊月花，把破被头一样的脸贴过来，要啃腊月花的脸蛋。腊月花一阵恶心，双手护脸，慌慌张张地说："王蟒王蟒，你不要忙。若答应我三件事，三个月后就娶我。"王蟒问哪三件事？腊月花说："第一，不要伤害尼达，放他回去。"王蟒心想，这石头人你背回去也救不活他，我怕啥？便答应了。腊月花说："第二，三个月内不得兴风作浪，残害百姓。第三，迎亲之日要遍请七大部落百姓，备酒千坛，唱歌跳舞，到鸡鸣方散。"

"我要不答应呢？"王蟒心急，向腊月花扑

了过来，腊月花狠狠地说：“那我就一头撞死。”说着，一头向石人碰去。王蟒急忙拉住她的衣袖，但她的额头已碰破，血流到石人的腔子上，石人的心变红了。王蟒无奈，只好答应这三件事。

腊月花从山上下来，心里乱了套，她一见“告示”，一把撕下来揣在怀里，到家后她倒在炕上睡了三天三夜，梦里不停地呼唤“纽达”、“纽达”。镇台大人听说有个阿姑揭了“告示”，派衙役找上门来。土司见腊月花昏睡不醒，急得要拿马鞭打她，但一见腊月花满脸忧愁，头发散乱，就下不了手。这时，腊月花醒了，跪在土司面前央求：“阿爸，父母的恩情天地般大，女儿我虽死也怨怅，只是求阿爸宽限三个月，备好嫁妆除王蟒。”土司以为腊月花已变成“咒世”了，问：“就你能斗过王蟒？”腊月花说：“心诚能采到灵芝草，我寻见‘纽达’就能除妖。”土司不信，说：“罢罢罢，你自作自受，我只当没有你这个女儿。你搬到牛圈里去住，别把晦气带给家里。”

腊月花给阿爸叩了三个响头，收拾了东西去牛圈，老乳牛见了腊月花，就前来用犄角顶她，用舌头舔她，“哞哞哞”连叫三声。腊月花心里一动，明白了老乳牛的话，终于解开了心里的疙瘩。“纽达”原来是你！

部落的阿姑们纷纷前来看望腊月花，她们痛

恨王蟒，都要帮腊月花除妖。腊月花挑选了十六个胆大心细的阿姑，第一个月先教她们转“安召”，她们用硬柴搭成一个三角形的柴堆，点着后围着它拉成圈子边唱边跳，她们的袖子里藏着刀子，转到第三圈蹲下侧身（这是暗号）从袖筒里拔出刀，跳起来直刺火堆。阿姑们跳了一遍又一遍，刀把袖筒划破了，天上出现了彩虹，腊月花心里一动，描着彩虹的样子用七色布缀成七色花袖。这就是土族妇女穿花袖、转“安召”的来历。

第二个月，她仿照老牛的启示，制作“纽达”。尼达不是在梦中说过“王蟒的肉角未长全，王蟒的双眼能刺伤”吗？王蟒见了女的就骨头痒，要抱过来啃一口。对，把帽子做成簸箕模样，里面藏灰，王蟒过来就把灰撒到他的眼里，单有簸箕还不成，再做一顶帽子像三齿杈杨，暗绑三把尖刀，顶上一把刺肉角，两边两把戳眼睛。如果一次戳不瞎怎么办？再做一顶帽子要像圆饼，藏磨扇，一顶像漏瓦槽，藏豆儿；一顶像马鞍，能抵挡毒涎；一顶像三铧，藏铧尖。她将六种“纽达”一一想好，讲给阿姑们听。阿姑们拍手叫好，并补充：再用铁索做一条项链，去套住妖魔的手脚。

第三个月，腊月花和姑娘们日夜赶制“嫁妆”，缝花衫，做“纽达”，指头都磨烂了。

三个月期满，腊月花要出嫁了，送行的十六

位阿姑陪她“哭嫁”，部落里的人心疼腊月花，纷纷前来“添箱”，人们坐“圈圈席”，可谁能吃得下去呢？上房里传来阿姑们的歌声：

梦鸡的羽毛多么黑呀，
腊月花的头发比它黑。
梦鸡的冠子多么红呀，
腊月花的“纽达”比它红。
梦鸡的翅膀多么美呀，
腊月花的花袖衫比它美。
梦鸡的爪子多么巧呀，
腊月花的双手比它巧。

腊月花边哭边答：

今天是什么日子，
我就要离开庄子。
爹娘养我一场，
恩情永世难忘。
姐妹们一块儿耍大，
心牵着直拔头发。
老乳牛你别叫唤，
水食我给你再撒。
腊月花是土族的后人，
决不给祖先丢人
……

腊月花知道这一去吉凶难保，但她已横下一

条心，不是鱼死就是网破。她和阿姑们跪在佛龛前祷祝，祈求神佛保佑她们除妖。

三通鼓响，姐妹们收拾停当。阿舅抱起腊月花，把她放在白马背上，并道吉言：

土司的宝宅里出生了，
吉祥如意步步生莲花。
镶金的笼头绿丝带，
犀牛的鞭子能避邪。
庄廓前头绕三绕，
加马三鞭登云霞……

送亲的人来到大坂峨博，王蟒饿了三月整，正等得不耐烦，忽见送亲的人来了，十分高兴。他见了衣裳新鲜的新人，三魂出窍，心痒难熬，涎水流下三尺。腊月花下马后和阿姑们轮番向王蟒敬酒，王蟒开怀畅饮，喝了一坛又一坛。腊月花乘机将铁索项链套在王蟒的脖子上，阿姑们围住王蟒转开了“安召”，跳到第三圈，腊月花领唱发出暗号，阿姑们转身蹲下拔刀，跳起来直刺王蟒。王蟒已酒醉心迷，还没有看清是啥，已是遍体刀伤，腥血飞溅。王蟒疼痛难熬，但被铁索箍得动弹不得，就口喷毒涎。这时，头戴“叶面里”（土语，意为马鞍）纽达的阿姑们奋身向前，头一低正好挡住毒涎，毒涎顺鞍桥两边流下。头戴“适格”（土语，意为大）纽达的阿姑频频点头，把灰扬在妖魔的眼里，使他辨不清东西南北。王蟒嗷嗷狂叫，东撞西奔。头戴“雪古浪”（土语，意为漏瓦槽）纽达的阿姑把槽里的豆儿倒出，王蟒踏上滚动的豆儿，滑倒了。这时，头戴“托欢”纽达的阿姑猛一使劲，将纽达上藏的尕磨扇砸到了王蟒的头上。勇敢的腊月花冲过去将“纳仁”纽达上的三把尖刀刺进王蟒的双眼和肉角里。另一位头戴“加斯”纽达的阿姑从背后猛扑过去，把铧尖戳进王蟒的背心。王蟒一声吼叫气绝身亡，直挺挺倒了下去。这一刹那间，石人尼达复活了，但还不能动弹。腊月花抱着尼达，泪水滴到他的眼里，尼达的眼睛睁开了，腊月花嘴对嘴又给尼达度了气，尼达就出了声。这时，龙王山上架起彩虹，阿姑们点起火堆，围着尼达和腊月花转起“安召”。七大部落的百姓点放鞭炮，庆贺消灭了妖魔。

从此，土族妇女为了纪念勇敢智慧的腊月花，就将“适格”、“加斯”、“叶面里”、“托欢”、“纳仁”、“雪古浪”六种纽达作为头饰，一直流传到今天。

搜集时间：1985 年 6 月
搜集地点：丹麻镇索卜滩村
讲述者：林生德，男，土族，70 岁
搜集整理：蔡西林

锦鸡鸟鸣叫的时候

从前，龙王山下有个很美丽的姑娘，名叫那言索。她有一双珍珠般明亮的大眼睛，有两条乌黑发亮的辫子，除了一双灵巧的双手外，还有一副会唱歌的响亮的嗓子。她绣的蝴蝶和蜜蜂似飞舞嬉戏；她的歌声能引来天上的小鸟来倾听。这么漂亮能干的姑娘谁能不喜欢呢？龙王山下的小伙子们哪一个不仰慕她呢？可谁都知道，那言索与白牙合的桑什加已经好上了。一个是干活的能手，一个是有名的绣花手，真是天配的一对地成的一双。这方圆几十里的人们没有一个不羡慕他俩的，谁都希望他们俩早早完婚成家。

可惜，好梦不长。那言索与桑什加结婚的前一个月，住在山脚下的财主斯让什加的老婆死了。斯让什加在这以前就想打那言索的坏主意，但害怕老婆发现，没有由着他的性子来，现在老婆死了，斯让什加立刻打发媒人拿上银子和绸缎到那言索家说媒去了。

那言索的父亲见斯让什加打发媒人来说亲，气得他不知怎么办才好，斯让什加已经是六十好几的人了，他的儿子也已经三十好几了，而那言索今年刚满十八岁，再说那言索已经许配给白牙合的桑什加了，再过几天就要出嫁了。可是，斯让什加突然来说亲，也不知该怎么给回答，当面拒绝的话，人家财大气粗，害怕以后会吃亏，就说："那言索是山里人，从小惯坏了，她能伺候好斯让什加吗？再说姑娘已经有婆家了……"

"有婆家了！退回那门亲事还不容易？哦，那言索不知道我们大户人家的礼节，那没关系，我们教她还是可以的，一两个月什么都可以学会。"那媒人没等那言索的父亲把话说完抢着说道。

"这……这样的话，他们俩的岁数相差太大了。"

"岁数大小有什么关系？到老爷家去不愁吃不愁穿，穿的盖的都是绸缎，比那穷小子桑什加好多少倍！哈哈哈……"

"这……"那言索的父亲气得话都说不出来了。

媒人一看那言索的父亲无话可说，就对他说："如果你没什么话说，就这样定了！这点彩礼你先收下，再过几天我们就办喜事。"媒人拿出一副盛气凌人的样子，把拿来的礼物放下准备要走。就在这时，那言索从闺房里扑出来指着媒人的鼻子骂道："你拿上这点破玩意滚回去！我们人穷志不穷，谁稀罕你这破东西，斯让什加若要娶我：

六月天的河水里要结冰；

十月天的冰滩上要开牡丹花；

马驹的头上长犄角；

洪水冲走龙王山。”

“你这黄毛丫头就这么厉害吗！”媒人瞪了一眼那言索，背上他的彩礼灰溜溜地走了。

媒人走后，胆小的父亲对那言索说：“斯让什加这样的人谁见了他都躲着走，他跺一下脚龙王山也要抖一下，什么坏事能干不出来呢？天那，上辈子我做了什么孽啊！”

那言索父亲的哭声惊动了左邻右舍的人们，人们不知怎么回事，都跑过来看。知道怎么回事后，你一言我一语都说：“就是，斯让什加这老狗杀了人都没人敢说什么，现在该怎么办？”

人们又说道：“怕什么？我们人多，人多办法多。”为了那言索，有些人说：“我看把那言索立刻出嫁，与桑什加成婚，等那老狗知道已经迟了！”那言索的母亲说：“这怎么能行呢！姑娘的嫁妆都没有准备好。”又有些人说：“你慢慢地准备嫁妆，姑娘早就被人家抢走了。”又有人说：“让他俩结婚也不那么妥当，最好的办法是让他俩逃走！”

人多言杂，我这么说，他又那么说，听谁的好呢？那言索的父母想着想着拿定了主意。他们立即派人到白牙合桑什加家告诉他：明天早上锦鸡鸟叫头遍前，桑什加备马来接那言索，俩人一起逃走。

人们说话间，财主斯让什加又派人来说：“愿意要娶，不愿意也要娶，明天早上锦鸡鸟叫三遍的时候要来娶。”说完头也不回地走了。

第二天早上，那言索慌慌张张地起来后，洗脸梳头，锦鸡鸟叫头遍时，桑什加已骑马到了。那言索的母亲为女儿改发穿嫁衣，准备需要拿的一些东西，这时，锦鸡鸟已叫第二遍了，那言索听见后心如乱麻，放开嗓子唱道：

我们俩常在一起牧羊的时候，
我常听你锦鸡鸟的歌声，
我们在一起多么快乐，
我们盼望有好日子过。
到了今天这个地步，
又听见了你锦鸡鸟的声音，
你唱着心中吉祥的歌，
可谁能知道我心中的忧伤？

锦鸡鸟啊，锦鸡鸟！
你先不要唱吧，
我唱给你听，
你来听听我心中的歌！

那言索的歌声动听极了，锦鸡鸟听后呆住了，连自己的鸣叫都忘了。这时，那言索与母亲准备改发时，桑什加进来把发改了。那言索与桑什加准备就绪后，立即骑马逃走了。他俩走出很远后，锦鸡鸟才叫第三遍，等斯让什加来娶时，那言索走的连影子都没有。

从此，土族人出嫁姑娘时，必须有女婿亲自来娶，还要选择吉日，出嫁时必须早早地启程。锦鸡鸟叫头遍时起床准备，叫第二遍时改发穿嫁衣，改发时女婿解开姑娘发辫，把红头绳绑在女婿的脚踝上，用梳子将自己的头发倒梳三下，将姑娘的头发顺梳三下，发改仪式完毕，锦鸡鸟叫第三遍前，必须启程。

搜集时间：2009 年

搜集地点：互助土族地区、天祝土族地区

讲述者：官布

搜集整理：延春　席元麟

伦布噶丹说媒的故事

很早很早以前，中原的皇帝有个漂亮的公主，而在宫廷中和公主长的一样漂亮的姑娘还有三个。四个漂亮的姑娘到了一块儿，谁也认不出哪一个是皇帝的女儿，因为要是谁认出皇帝的女儿，皇帝就会杀谁。那时候，世界上不太平，人们为了让各国稳定，想出了两国联亲的办法。藏王有个儿子，武艺高强，什么事都能干，藏王请伦布噶丹出媒去要中原皇帝的女儿。

伦布噶丹来到中原皇城说："我是来给你女儿提亲的，把你的女儿嫁给藏王的儿子，你看行不行？"

皇帝说："你要是能认出我的女儿是哪一个，我就把女儿嫁给你们藏王的儿子。"

于是，皇帝让四个姑娘并排站在一起。伦布噶丹看四个姑娘长的一样像，一样漂亮，分不清哪一个是皇帝的女儿。晚上伦布噶丹去请教一位足知多谋、什么事都知道的老奶奶。

老奶奶说："我不敢说，说出来皇帝就会来杀我的。"

伦布噶丹说："不让皇帝知道是你说的不就行了吗？"

老奶奶问："你有什么办法？"

伦布噶丹给老奶奶教了个好办法："老奶奶你在自己前面放一个水碗，水碗后面放一小堆土，土后面放个筛子，再后面放一架铁铧，你把嘴放在铧上说，皇帝就不知道是你说的。"

老奶奶解除了顾虑，就用伦布噶丹教的办法说道："四个姑娘一块出来，出来的第一个姑娘不是皇帝的女儿，第二个也不是，第三个出来后，她的身边有蜜蜂飞舞，那才是皇帝的女儿。"

第二天，伦布噶丹按照老奶奶说的办法，认出了皇帝的女儿。皇帝问伦布噶丹："你是怎么认出我女儿的，是谁告诉你的？"

"我自己认出来了。"

皇帝不相信，就对手下的人说："你们去算算卦，看谁告诉他的。"手下的人算卦时，卦象上看到的是，大水隔着大山，大山隔着千万只眼睛，是一个铁嘴模样的人说的。皇帝听了很生气，认为算的卦是假的，就把算卦的人扔到大河里喂鱼去了。

自此中原皇帝很欣赏伦布噶丹，就把女儿嫁给了藏王的儿子，两国的帝王成为了儿女亲家。

从此，战事纷争少了许多，老百姓也过上了平安幸福的生活。

搜集时间：1993 年

搜集地点：五十镇巴洪村

讲述者：董德恒

搜集整理：李占全　祁兴月

花袖衫的来历

土族阿姑衣服上的花袖袖有这样一个传说。从前，在土族地方，虽然山上森林茂密，滩里牛羊成群，绿草如茵，牛羊肥壮，但人们穿的是褐子，男女的穿戴都一样。

赤列布山下面有个村庄，这个村庄有个姑娘名叫斯日金索。斯日金索很聪明，歌唱得也很好听，是个唱家；干活很卖力，是个劳动能手；针线活做的好，是个好裁缝、绣女。

斯日金索每天赶着牛羊在山坡上放牧。那时，山里有各种各样漂亮的鲜花，一到下午雨过天晴，山川好像洗过一样，半天里的彩虹非常好看。斯日金索望着彩虹，越看越好看，看着看着就看呆了，心里想：怎么这么好看！穿的衣服也像彩虹一样那该多漂亮啊。斯日金索心里想着，嘴里唱着，歌声清脆宏亮，回响在整个山川，飞上了天际苍穹。她每天就这样唱，唱得山川欢笑了，苍天落泪了。有一天晚上斯日金索作了个睡梦，梦见有一位白胡子老爷爷对她说："姑娘，你那么想穿鲜艳漂亮的衣服，你寻找点颜色（染料），把衣服袖子用黄、黑、绿、红、白五种颜色染上。红颜色象征着太阳染在中间，红的两边依次染上象征森林和绿草的绿颜色，象征着大地的黑颜色，象征着丰收的黄色，袖口染成白色，象征纯洁善良的心和生命之源的清水。”

斯日金索睡醒后，把老爷爷说的话牢牢记在心里。第二天，斯日金索来到放羊的山上，寻找各种颜色的染料，把袖子染成了老爷爷说的那样。穿上后，阿姑们看见斯日金索的衣服好看极了，都也跟着染成七彩花袖衫。从那以后，七彩花袖衫一代一代传到今天，成了土族妇女的一个象征。

搜集时间：2002 年

搜集地点：东沟乡洛少村

讲述者：张吉然

搜集整理：乔志良

仙人警告勒瓦札

当年，天地结束混沌，日月星辰出现后，须弥山也形成了，它坐落在海洋中间。当时，海洋中有一个水魔叫勒瓦札，它兴风作浪，震得须弥山摇摇晃晃不得安宁。智慧仙人发现后，就派大鹏神雕去警告勒瓦札。智慧仙人吩咐神雕说：“你去警告勒瓦札，如果它不听话，就咬住它的脖子，绕着须弥山转三圈，它就会老实的。”

大鹏神雕飞到大海边，高声喊道：“勒瓦札，请你出来！勒瓦札，请你出来！”

勒瓦札听到喊声，把头伸出海面，问道：“啥人喊我？”

大鹏神雕说：“是我喊你。”

勒瓦札问：“你喊我有啥事？”

大鹏神雕回答：“我奉智慧仙人的谕旨来警告你，请你不要兴风作浪，使须弥山震荡不宁。”

勒瓦札听了不以为然地嗤鼻一笑，便冷冷吹了一口气，把大鹏神雕吹上了三十三天。

大鹏神雕到智慧仙人那里去禀告：“我奉您的谕旨去警告勒瓦札。它不但不听我的话，反而吹了一口气，把我吹上了三十三天。看来我不是它的对手，望您另想办法。”

智慧仙人非常生气，便亲自出马，变作大鹏神雕的模样，来到海边，开口叫道：“勒瓦札，勒瓦札，请上岸来！”勒瓦札把头伸出海面，问道：“啥人喊我？”

智慧仙人说：“是我喊你！”

勒瓦札看了看智慧仙人的脸说：“你的脸为什么比前次那个大鹏神雕红？”

智慧仙人说：“因为我生气了！”

勒瓦札又问：“你的嘴为什么比前次那个大鹏神雕尖？”

智慧仙人说：“因为我要吃你，所以磨得这么尖。”

勒瓦札很生气，便“噗”地吹了一口气，想把智慧仙人吹上天，但智慧仙人一动也不动。勒瓦札一看情形不妙，说：“看你的‘尼柔’像太阳一样放红光，我害怕，我要回去了。”说着准备缩头逃跑。

智慧仙人瞅准机会，飞快地用那锋利的长嘴咬住了勒瓦札的脖子，然后拉着它沿须弥山转了两圈半。若转三圈的时候，勒瓦札的尾巴就出水了，如果尾巴一出水，它就非死不可。

这时的勒瓦札，害怕得不得了，苦苦地哀求：“请你留下我的一条命吧，留我一条命吧！以后，我再也不敢兴风作浪了。”

智慧仙人说：“你要说话算话！”

勒瓦札说：“一定算话！一定算话！”

智慧仙人说：“你要向我发誓！”

勒瓦札说：“我发誓！我发誓！从今以后不再兴风作浪，震荡须弥山。”

智慧仙人是不杀生害命的，所以就放了勒瓦札，让它逃生。可是勒瓦札有的时候还不太甘心，企图兴风作浪震荡须弥山。这时候不需要智慧仙人亲自动驾，只叫大鹏神雕戴上尼柔去警告一下就行了。从此，人间就留下了念《大鹏经》的习惯。

搜集时间：1986 年

搜集地点：东山乡白牙合村

讲述者：才丹

搜集整理：李永丛

龙王山的传说

传说，上古时互助境内的龙王山一带既无高山，也无草地，而是一片大海，海底有一条通往东海的暗道。

有一年，东海龙王的四个儿子经通道到这里玩耍，不料他们来的第二天，孙悟空闹了东海，夺走了定海神针。一时间，东海巨浪翻滚，海水通过通道涌向这里。四条小龙正玩得起劲，忽然，一个又一个的巨浪像小山一样汹涌而来。他们不知发生了啥事情，便分头到巨浪头上尽力镇压。兄弟四人费了好大的劲，才镇住了大浪。白色小龙长叹了一口气说："好大的阵势，这是我头一回经历，真是吓死人了。"

"不是我兄弟四人全力镇住，真的要翻江倒海呢，但不知这巨浪从何而来。"黑色小龙补充道。

这时，金色小龙说："今天的风浪是从大海通道中涌来，我看与东海有关。我们赶紧回家，去问一问父亲便知根底了。"

兄弟四人来到通道处，一个个都傻了眼——通道不见了。他们找呀找，怎么也找不到，急得他们直跺脚。后来，他们商议了一阵，决定先在这里盖起宫殿住下来，日后再想办法。

就这样，兄弟四人各自盖起了黑、白、青、黄四座宫殿。这四座宫殿把海水都挤干了，剩下的一点海水也被挤到了宫殿顶上。后来，这四座高大的宫殿变成了今天的龙王山，被挤上宫顶的海水变成了龙王山的“天池”。

如今，人们把龙王山的四座主峰分别叫黑龙王、白龙王、青龙王和黄龙王，当地百姓月月进香煨桑，把它当作神佛布云降雨的圣地。每年春耕秋收时，人们还到这里献猪献羊，祈求龙王保佑平安，感谢龙王赐予丰收年景。

搜集时间：1983 年

搜集地点：龙王山一带

讲述者：戴朝思　鲁顺贵

搜集整理：杨明泰

释迦佛的传说

很早以前，西宁地区的习俗不是很好，不管是老年人、青年人还是小孩子，相互之间都不关心、不尊重，相见没有好脸色。释迦佛知道了这样的情形后，心里非常难受，每天想着怎样能改变现状。

后来，释迦佛自己变成了一个白头发老爷爷，来到人间，想办法让人们的心活起来、亮起来，有信仰，使人们相互之间尊重、关心、心疼，和气地在一起生活。有一天，他走到人多的大路上，坐到了路中间。这时，来了个富家小伙子，骑着高大的骡子，自以为了不起，看着自己的骡子，又看着走路的人，心里高傲地想：世上再也没有像我这么富有的人！我是世上第一的好汉！这样想着，他高昂着头，眼睛里什么也看不见，非常骄傲地在大路上上一趟、下一趟地骑着骡子跑，走路的人都害怕得纷纷躲避。小伙子的骡子在路中间见到一位白发老翁坐着，立起耳朵，鼻子里呼、呼、呼地出着气，像要惊的样子，不往前走了。小伙子见骡子不走，详细一看，大路中间坐着一个白发老翁，生气地骂道："唉！老狗，你坐在路中间干什么？路中间是人坐的吗？不要命的东西，快走开！要是把我的骡子吓惊，骡子会把你踩成肉泥的，到时不要怪我没有告诉你。”

“小哥哥，你不必要生气，怕骡子惊，我给你挪点地方不行吗？要是有个东西挡住了你的去路，你怎么办？你还能给东西说不要挡住你的路？”白发老翁转转头，好像断气似的，低声慢气地说：“你太忙了，把骡子抽两鞭子，奔跑过去；不忙了，从骡子上下来，绕过去。你看，我这么大岁数了，我在这里不是寻东西，也不是休息，我在这里摔倒了，起不来了。你看，我鼻涕眼泪也收不住，我也不是为了好看，真的是不由自己！以前，我也跟你一样年轻过，比你还精干。你骑的这骡子好像跟我骑的一样。那时，我真的是个汉子，人前里也是个人物，现在岁数大了，什么也干不了，吃也不能吃，喝也不能喝，浑身硬邦邦的不舒服，腰也弯成弓了，走起路来摇来摆去的。嗨！真的老了，人不能不老，岁数大了没用处了。人老了，要是手脚利索，没病没灾，好好生活，那该多好啊。”

富家小伙子听了白发老翁的一席话，马上跳下骡子，从老翁身边绕了过去。小伙子边走边想白发老翁的话，怎么想也有道理，他从心底里感到老翁的话是真的，心想跟白发老翁好好聊聊再走吧，但转身去看白发老翁时连个影子也没见着。他问走路的人，都说刚才还在这里，现在去哪儿了没看见。这时，富家小伙子才恍然大悟，自言自语道：“唉！我这是瞎了眼，佛在眼前不认识，这下弄糟了。”

从那以后，这个富家小伙子不论走到哪里，遇见老人就下马问话，遇见年轻人和小孩，就把白发老翁说过的话说给他们听，告诉他们对老人要尊敬，谁也有老的一天，还要爱护小孩。从此后，人们把白发老翁说过的话一传十、十传百，流传各地，传到大人小孩的耳朵里，记到心里。这样人们的心活了，亮敞了，人与人之间相互关心、爱护，尊老爱幼的传统也就流传了下来。

搜集时间：1984 年

搜集地点：东沟丹麻一带

讲述者：东国福，男，53 岁，土族

搜集整理：东仁增　席元麟

土族与佑宁寺的传说

据说，很早以前土族的祖先居住的很远。他们以打猎、放牧为生，上山去打猎，下到平原追逐着有绿草清水的地方放牧。后来为了寻找好地方，他们翻山越岭过大河，来到了大沙滩的阴面，路上吃苦受罪到了尽头。这个事情大约发生在八世纪的时候。这里便是草嫩水清的阴山下的敕勒川，这里广阔无垠，天像锅盖一样扣在无边无际的大地上，到处风吹草低见牛羊的美丽景象。他们在大平原上生活了好多年，大约在十世纪的时候，土族居住的地方出了件大事：大家不再一块放牧了，每家每户分开放牧。到了后来，他们离开原住地来到赤列布山的两边和湟水、黄河岸边，开始打庄廓、盖房、开荒、种地。就这样，土族祖先从游牧生活转变为农业生活。

那时，开荒种地非常辛苦，吃了不少苦，受了不少罪。土族民歌《唐德尔格玛》中唱道：三岁的娃娃上天捉青龙，驾上金子的铧开荒种地没成功；上山捉野牛，驾上银子的铧开荒种地没成功；到平原捉黄牛驾铁铧开荒种地，最后成功了，种出了珍珠般饱满的青稞。这时，土族就定居在这地方开荒、耕地、种田；过着幸福平安的生活。

历史上土族是信仰萨满教的，对天神很虔诚，后来定居于青海湖边和赤列布山的两面、黄河边、湟水边，跟藏族来往后，才开始信仰佛教。到了元朝和明朝时，在朝廷的扶持下，喇嘛的权力很大，而青海地区也非常信仰宗喀巴。

明朝时期，三世达赖索南嘉措在去蒙古途中，经过土族地区时在一个叫做折合加的地方休息，忽然看见赤列布山高的好像悬在半空，空中云彩密集，好看的用语言无法形容。突然，雷声轰响，降下甘霖，显出种种殊胜之瑞兆，郭隆两山的中间升起一道五彩缤纷的长虹；往下面一看，天上黑云弥盖。看见这景象，他便预言：彼地将诞生一名弘扬噶当派佛法的高僧；那黑云弥盖的地方将有城市形成。四世达赖云丹嘉措从内蒙古去西藏时，由土族在路上迎接他时祈求在此建造寺院。

那时，土族的七个部落里有十三个小尕日哇。为了早早把寺院建起来，首先由倡议的扎德昂索西然加和浪家噶居索南坚赞两人出面，与这十三个尕日哇一块商量决定，选定了十三个代表进藏祈求建寺。明朝万历三十年又派人去西藏邀请活佛。大活佛达赖和班禅由于佛事繁忙，未能到来。鉴于当时形势，他只能派德高望重的嘉赛活佛来创建寺院。在选建寺地点时，嘉赛活佛忽然看见郭隆地方好像藏龙卧虎的地方，山好像法幢耸立朝天撑，森林茂密，没有噪杂之音，且郭隆山上留有成就者们的足迹，真的是宏扬佛法的好地方。佛经里也曾记述了建寺地址的详细情况：样子像佛幢，中间有门路，就像把佛幢撑起来；顶端状似珠宝闪烁，出现各种吉祥的征兆；前山状如大象背上备着鞍子，上如螺口向上的海螺，这是妙音传向十方的征兆；川谷有河水，这是佛法永存的征兆；佛幢上部建立寺院，法王持着佛幢。由此，嘉赛活佛和松布活佛亲自选定寺院地址做了吉祥长净仪式。明朝万历三十二年在这美丽的山川里建成了一座寺院叫郭隆寺，并拜请北方护法神持矛多闻子为护法神。

据传，成吉思汗的部将格日利特曾带领部属来过这里，他去世后，他的灵魂来到这里，居于郭隆的石岩洞里。有一天晚上，嘉赛活佛作了个梦，梦到一个身着黑蒙古的衣服、帽子的武将说要护佑当地，由此便将梦里梦到的人供奉为这地方的“尼达”护法神，并根据梦里见到的人的样子用铜塑造神像，供在寺院的土地神殿中。

明末清初，郭隆寺非常兴旺，喇嘛有六千多人，是湟水北岸最大的寺院。但郭隆寺也是灾难重重，清朝雍正十八年，又重新修建了郭隆寺，皇帝亲自起名叫“佑宁寺”。

郭隆寺的佛经齐全，教程严格，出现的大学者很多，他们闻习各种佛法，著作很多，在国内外享有很高的声望。而郭隆山半腰的修行洞和两个人才能抱住的檀香树也见证了郭隆寺三百九十多年兴衰的历史。

搜集时间：2006 年
流传地区：互助土族地区
讲述者：席旦尖多吉
搜集整理：席元麟

青稞酒的传说

土族的祖先们烧荒垦地，种出了像金子般的青稞，从此后他们除了吃肉、喝奶，还吃上了炒面。那时，种的青稞吃不完，随便堆在什么地方，牛羊也吃，鸟虫也吃，造成了很大的浪费。老人们看到这情势，心里不好受，对儿孙们说，你们不知道这青稞是怎么来的！很早以前，人们吃的从天上下雪般下来的白面，面白的就像奶子。过一段时间下一些，在地上铺了一层，人们什么时候需要就什么时候去揽回来吃，不需要就放在柜子或箱子里。后来白面太多了，人们不爱惜，浪费很大，还往白面上撒尿、屙屎。天上的神仙看见了这些情况非常生气，就不下白面给人们吃了。从此，白面变成白雪了。有一天，天上下起了白雪，人们以为下的是白面，想揽回家，谁知道下的白面落到地上就消成水了，人们再也没有吃到白面了。可是后悔已经迟了，但不管怎么说，人不吃饭不行！他们祈求上苍，到大山上寻找吃的食物，用草籽果腹。

后来，他们试着种草籽，种出来的草种第二年再种，收成好是好，但吃的还是不够。这时，出了个聪明人，人们把他叫三岁“布勒”（娃娃），他上青天，捉青龙，给青龙戴上金子的鼻桊，架上金子的犁铧，拿上金子的鞭子，想开荒种地，没有成功；他又进大山，捉住黑牦牛，给牦牛戴上银子的鼻桊，架上银子的犁铧，甩上银子的鞭子，开荒种地，也没有成功；最后来到草滩捉住黄牛，给黄牛戴上柏木的鼻桊，拴上毛绳，架上铁铧，甩上马莲的鞭子，开完阴面的平滩，又去开垦阳面的草滩，种出了金子般的青稞，至此人们才吃饱了肚子，过上了幸福的生活。

这时的人们，不像以前了，他们非常珍惜青稞，把青稞当作主粮，谁也怕以后再挨饿，于是就将辛辛苦苦种的青稞储存在板闸、粮仓里，一点都不浪费。

慢慢地，存放的青稞越来越多了，存放的时间也越来越久，有些就发酵变质了，并且有一股香味散发出来。这股香味不仅在家里有，在村子里也有，里里外外都弥漫开来，这香味使人不由自主地产生一种舒服感，人们觉得很奇怪：“好香的味！花的香味还是其他的味……”人们也不知道这香味是从哪里来的。有一天，一位老爷爷闻着那香味走到存放青稞的粮仓跟前，才知道了香味的来源，他在自家的板闸周围转转看看，是这几年的松木板闸有问题呢，还是用草拧的转子有问题？上面一看，全都像那蜘蛛网，灰尘落下一层，底下一看，湿漉漉的，板闸和草转的中间还不断渗出水来。“这是什么？”老爷爷很惊讶，一尝，味香的不说，还有甜甜的。老爷爷知道了是什么东西，高兴地就让儿子来看。

村里的很多人也涌了上来看板闸里面的青稞，看从板闸缝中“咕嘟——咕嘟——咕嘟”冒出的水汁，空气中弥漫着浓浓的香味，人们用指头沾着舔尝。这时的老爷爷很高兴地发话了：“这是老天赐给我们的，让我们享福，我们要感谢上苍！这是我们辛苦种来的青稞的汁液，是我们爱惜和节约青稞后，老天恩赐给我们的琼浆玉液。”

村里的人们沸腾开了，每家的板闸和草转子里面酒的香味也冒出来了，大家喝着青稞酒，唱着唐德尔格玛。从此后，土族人民和酒离不开了，过年过节、婚丧嫁娶、人来客去、盖房修业等都离不开喝青稞酒。人们在自己家酿造青稞酒，酿酒的技术一个比一个好。他们把酿好的酒灌在坛子、瓶子里，埋在地下或羊圈里，一年过后再挖出来填满酒，又埋下，就这样反复三四年、十几年后再挖出来，就变成了上等的好酒。

酒里的好酒是头酒，喝一盅头酒浑身紧紧的，上头了，喝上三盅，三天三夜醒不来。对于酒，还有这样的说法：酿酒的技术好了，经验多起来后，酒的香味却不如板闸里的青稞酒了。后来，从太行山地方有个叫杏花村的庄子里，来了个酿酒的高手。他种植精良的青稞，添置先进的酿酒器具，开了烧房，慢慢互助酒的名气大了起来，到而今互助县已成了远近闻名的酒乡。

关于互助威远堡的青稞酒还有这样一种传说：有一天，威远堡烧房里随着酒香的飘出，也传出了一阵划拳的声音，那是酿酒的烧房修好了，正在庆祝，用新酿的青稞酒招待亲朋好友。大家正在高兴畅饮之时来了三个陌生人，烧房的掌柜认为这是好兆头，给每人一碗酒，还端来了肉。一阵过后，三个陌生人也都喝醉了，出门后风一吹，三个人吐出来了，而吐出来的东西恰好都流到园子中间的井里了。掌柜的一看气坏了，刚要去打他们三个，三个人变成白发老人踩着云飞上了天，还笑着说："好酒啊！好酒！"从此后，那口水井里的水变成独一无二的酿酒圣水，它酿出的酒有一种神奇的味道，不仅人们想喝，连天上的神仙也下凡到人间来喝了。

搜集时间：2006 年

流传地区：互助土族地区

讲述者：席龙神保

搜集整理：席元麟　乔生华

天地形成

当初没有天来没有地，日、月、星斗都没有。不知过了多少个万万年之后，天地分开，出现了日、月、星斗，大地形成后像一个车轮，被气、风、水撑着，震荡不定。

这时有一个智慧仙人想了个办法，叫一个狗不像狗、虎不像虎的怪兽把大地抱着，像一条狗抱着一个车轮或一只青蛙抱一个圆饼似的。但这怪兽不耐烦，乱折腾，使大地经常震动，地上的生命受到灾难。为此，智慧仙人曾警告过它多次，但它还是不听话，时时折腾。

为了制服这不听话的怪兽，智慧仙人拿起弓箭，立在东方，向西方一箭射去，正好射穿了怪兽的腹部，于是那怪兽头朝南，脚朝北，面向天，仰肚躺倒，疼得它嘴里冒了火，还撒出了尿，箭杆留在东面，箭头穿出西方，再也不敢折腾了。

怪兽乞求仙人说："我所承担的差事应有个尽头啊！"就是说它把大地抱到什么时候才算完呢？智慧仙人想了个安抚的办法，他把一枝烧火棍插在怪兽的肚脐眼上，说："当你肚脐眼上的木头发芽时，你的差事就尽了头，那时，你可扔掉大地，自由自在去吧。”

从此，怪兽老老实实地抱着大地，不敢胡乱折腾。它时刻期待着肚脐眼上的木头发芽，有时往肚脐眼上看一看，这便是发生的地震。

当然，烧火棍永远不会发芽，它的差事也自然没有尽头。

智慧仙人的这一箭不但稳住了怪兽，也确定了大地东、西、南、北、中的五行方位：

东方为木，因为留在东方的箭杆是木。

西方为金，因为穿向西方的箭头是铁。

南方为火，因为怪兽头朝南方嘴里冒了火。

北方为水，因为怪兽脚朝北方撒了尿。

中央为土，因为怪兽怀中抱着大地。

搜集时间：1974 年

搜集地点：东山乡白牙合村

讲述者：李郄宝

搜集整理：李友楼

日蚀和月蚀的传说

自从开天辟地，有了日、月、星斗之后，有一个怪兽经常用它的身体遮住日月，因此经常会有日蚀和月蚀。怪兽遮住了光和热，大地上的动物和植物也都遭受了灾难。

这个怪兽想干啥就干啥，非常任性。它想在哪个时候日蚀和月蚀，就在哪个时候去遮住太阳和月亮。它还到智慧仙人的禅堂，吃掉供品，在供桌上拉屎，喝掉净水，在净水碗中撒上尿。智慧仙人非常生气，便手拿金刚法器追赶过去。路上遇见一位仙人在坐禅封斋，智慧仙人问他："怪兽往哪里去了？"

那仙人没有开口说话，只扭头向左努了一下嘴，说明怪兽向左边去了。智慧仙人朝他指的方向加紧追赶，在半路上逮住了怪兽。智慧仙人用金刚法器狠狠地打了怪兽，直打得它浑身都是窟窿，像一个破筛子一样。从此，那怪兽的身体已遮不住太阳和月亮了，但它的尾巴却没有被打坏，所以现在的日蚀和月蚀，便是怪兽的尾巴遮住了日月的缘故。

搜集时间：1973 年
搜集地点：东山乡白牙合村
讲述者：李郄宝　李丁确
搜集整理：李友楼

二世土观活佛的传说

二世土观活佛转世于互助县东山乡岔尔沟村，坐床前有几段传说：

他的妈妈怀孕期间，不管走到哪里总有一道彩虹般的光圈跟着她，天天如此。有一天，她在自家农田里干活时肚子一阵剧痛，来不及回家就分娩于田埂。当时生下来的是一大块肉疙瘩，撕破肉疙瘩皮现出一个男婴，这就是后来的第二世土观活佛。

有一年岔尔沟村的一家富户打庄廓，墙打到一定的高度时一层厚厚的墙皮礌下，怎么夯打也打不牢，人们无可奈何时，年仅七岁的土观向大家说道："你们打墙的时候在墙面上用卵石垒个'金'字状的塔，就再也不会礌塌。"人们照他的话做了，就很快打出了庄廓。从此，土族地区打庄廓，墙面上要用卵石垒个"金"字状的塔。

当寻访土观活佛灵童的人们来到岔尔沟时，年纪小小的土观马上辨认出前世土观活佛骑过的马和管家，以及使用过的碗筷。

搜集时间：1991 年
搜集地点：东山乡岔尔沟
讲述者：兰得胜
搜集整理：乔生华

人物故事

满孜浑

很久以前，成吉思汗的军队来到青海祁连山脚下的一个大滩上安营扎寨，后来这部分军队没有走留在这里世代繁衍下来了。这地方的人把这些蒙古人叫苏呼昆(人)，他们最先驻扎的那个大滩叫苏呼滩。苏呼人在这里住下后，为了使自己烟火不断，繁衍生息，就和当地的姑娘成婚安家，和睦相处，相互照顾，过着幸福和美的生活。

但是，在此之前，这个地方战事不断，老百姓生活在水深火热之中。有一年，在这里出了一个英勇无比的首领，名叫满孜浑，方圆几百里无人敢与他作对。满孜浑有个姐姐，嫁与苏呼人为妻。满孜浑的姐姐结婚那天，在婚宴上婆家人和娘家人为一点小事发生了一些摩擦，虽然立即说和了，没有发生大的事端，但是苏呼人记在心里，待机报复。

满孜浑的姐姐生了个儿子，他长大后，人硬心眼坏，为所欲为，想干啥就干啥，学了些武艺后，更加放纵，把谁都不放在眼里，瞧不起任何人。苏呼人抓住他争强好胜的心理，故意挑唆他说："你虽然是我们苏呼人中的英雄，但动不了你舅舅的一根汗毛。”

“我的舅舅虽然武艺高，但现在年事已高，他不是我的对手。”满孜浑的外甥自以为是地说。

苏呼人又挑唆他：“你小心一口把天吹破，你有胆量与你舅舅比个高低吗？”

外甥吹嘘道：“如果不是害怕我的妈妈，比武有什么困难。”

苏呼人们说：“这容易，先不让你妈妈知道，事情过去后知道了有啥关系。”

“我怎么给舅舅开口，再说人家还是否愿意与我比武呢？”满孜浑的外甥似乎从大家的口中讨话。

“你只要去把你舅舅叫出来，到时候我们自然会给你帮忙，你肯定能胜过你舅舅。”

苏呼人看他又是摇头，又是拍手跺脚，便故意激他：“你胜过你舅之后，这方圆百里的地方，你就是大英雄，这地方的大官不是你还是谁呢？到那时候，谁能不听你的话包括你舅舅的满孜人，你还拥有用不完的金银财宝，享受不完的荣华富贵呢！”

就这样，满孜浑的外甥瞒着妈妈，悄悄骑上马叫舅舅去了。舅舅见外甥这样慌慌张张地连夜赶来，问他：“看你这样匆忙，发生了什么要紧事？”外甥撒谎说：“舅舅，舅舅，妈妈得了重病，看样子活不到天亮，她很想见你一面，我就请你来了。”

“你的妈妈得了什么病？”舅舅详细询问。

“胸口疼得很厉害，现在痛得她呼天喊地，看样子活不到天亮了，你老人家快去见一面吧。”

满孜浑想，昨天我刚从姐姐家回来，姐姐昨天身体没有什么不舒服。再看外甥那慌慌张张的样子，突然得重病也有可能，就对外甥说：“你先喝点茶，休息一会儿，我去准备一下，然后咱俩就动身。”

这时满孜浑的三个媳妇出来拦住了他，说道：“老爷，您先别急着走，您昨天刚从姐姐那里回来，根本没说姐姐得了什么病，今天为什么突然病了？想一想与苏呼人结下的怨怅，再说你的这个外甥也不是一个聪明人，其他人一挑唆，他就不知道自己是谁。今天天已黑，让外甥住下，明天早上动身也还来得及。”

满孜浑的外甥见舅舅听了三个舅妈的话后拿不定主意的样子，打了个冷笑说：“你是远近闻名的勇士，谁不知道你的大名。听了媳妇们的几句话，连亲姐姐也不认了，真没良心。”

满孜浑没有把外甥的话放在心上，说明天再走。

满孜浑的外甥去叫阿舅后，苏呼人便聚在一起商量如何在比武时杀掉满孜浑，准备好以后就等着他俩比武。可是到了深夜，满孜浑和外甥还没有来，等到天亮了，满孜浑和外甥还是没有来，他们以为在哪里出了一些差错，或者满孜浑听到了一些风声。他们认为满孜浑也不是等闲之辈，不会听之任之，于是便准备好了打仗的武器、战马，向满孜浑驻地进发。

而满孜浑和他的手下人根本就不知道会有这等事。满孜浑一心想着姐姐的病情，他俩出门时，他的太太再三叮嘱："老爷，昨晚我作了一个梦，梦见一只白狗的肠子被白鹰叼走了，不知是吉还是凶，请你考虑好，我看不去为好。"接着他的二太太说梦见黄狗的肠子被黄鹰叼走了，也对他讲道："看来这些都不是好征兆。"最后他的三太太也叮嘱道："老爷，昨天晚上，我也做了一个梦，梦见黑狗的肠子被黑鹰叼走了，你要考虑好，是凶是吉！你千万不要上路，现在立即召集你的手下人，商量对策，否则，我们要吃大亏啊！"

听了三个太太的话，满孜浑对她们说："你们的睡梦奇怪得很，是凶是吉不好说，我只有一个姐姐，她打发外甥叫我去看她，我一定得去，不然心里过不去，不去是没有道理的。除此之外，不管发生什么事，你们三个一定保护好我们的孩子，这是我们的生命，别让他们受苦，一定要抚养成人。"满孜浑想了一会儿，又对三个妻子嘱咐道："大太太，你要保护好五百五十亩地的字据；二太太你要保管好五十五个仓库的钥匙；三太太你要保护好两个伯母，照看好孩子，这个家里的里里外外需要你操心。"满孜浑嘱咐完后，备好战马，拿上刀、矛、弓箭后，和外甥一起上了路。

满孜浑和外甥向苏呼滩飞奔而去，半路上，外甥对舅舅说："你拿这么多武器多重，我帮你拿，不然的话，人们会笑话我，年纪轻轻的，也不帮舅舅拿东西，看你，背的背，挂的挂，拿的拿，像去哪里打仗一样。"

说完，将舅舅的弓箭取过来，挂在自己的马上，一会儿，又把刀取下来，挂在自己的马上。满孜浑一点思想准备都没有，把自己的武器全给了外甥。

满孜浑和外甥走到半路上，迎面来了一群人，满孜浑问："外甥，苏呼滩上来的是些什么人？"

外甥唱着答道："阿舅你听啊！阿舅你听啊！苏呼滩上来的人，是打猎者追兔子。"

没有走多远，又看见一群人马黑压压地走了过来，满孜浑问："外甥，你看，那面过来的又是什么人？"

外甥回答道："阿舅你听啊！阿舅你听啊！苏

呼滩上过来的人，是打猎者在追狐狸。”

那一群人马与满孜浑他们相距不远，后面又有一群人马跟上来了。满孜浑有些怀疑地问：“外甥，你看，前面来的全部都是苏呼人，唉！看来，他们没安好心哪！我们这地方哪里也都没有打仗的，这些人骑着马，拿着弓箭、刀、矛，在干什么呢？是不是苏呼人打仗来了，来抢我们的地盘……”

外甥看舅舅有些怀疑的样子，唱道：“阿舅你听啊，阿舅你听啊！从苏呼滩上来的人马，是打猎者在追鹿。阿舅你放心，苏呼人对好人不会下手。”

满孜浑和外甥继续往前走，满孜浑准备要自己的武器以防万一时，谁知道，外甥驮着他的全部武器，飞也似的跑到苏呼人中间去了。苏呼人已经将满孜浑包围了，从四面八方传来喊杀声。

这时候，满孜浑知道自己被人谋算了，武器被拿走了，自己已经被包围，脱不开身。满孜浑赤手空拳与他们打了起来，骑着马东扑西抓，用拳头打死了好多苏呼人。这时又有一群人马将他围了起来，满孜浑豁出去了，用马鞍、缰绳、笼头当武器，打了一阵，又举起战马抡打，一会儿，将苏呼人打得人仰马翻。虽然他们的人已经死了很多，但满孜浑一个人怎能打得过这么多人。这么多人将他一个人包围在当中，逃脱是不可能的，况且他自己已筋疲力尽了。在砍杀中，满孜浑的一只胳膊被砍下来了，但他毫无惧色，单手抡打，英勇无比，直到咽下最后一口气倒在了地上。

杀死满孜浑后，满孜浑的外甥跑到苏呼人的首领跟前说：“我们胜利了，现在给我……”他还没有说完，首领骂道：“呸，你的舅舅杀死了我们这么多人，你还有脸当首领？还不把这个人杀掉。”这时候，立即上来几个人，把满孜浑的外甥拉出去杀了。从那以后，苏呼人就占领了满孜浑的地方。

搜集时间：1984 年
搜集地点：东山乡什巴村
讲述人：席龙神保
搜集整理：席元麟

张丹麻

互助县威远镇纳家滩有个叫张丹麻的地方，据老人们讲那里原来是一个大武士的家址，至今还有瓦砾出土。

说起张丹麻还有一些说道。不知在哪个时候，皇帝昏庸无道，朝廷腐败无能，老百姓的生活非常困难，再加上连年干旱，下川一带更是颗粒无收，而官方仍然如期征税，地主老财如期收租，老百姓忍无可忍，只好弃家逃难，远走他乡。

张家爷爷也带着家眷到了平滩，这里南面一座石山、东西各有一座土山。张家爷爷和儿子们商议后就决定在这里长期安家。一天晚上，他看好庄廓的位置并将一枚钱币放在了中央埋好。回到家他对儿子说："明天一早你去确定一下庄廓的位置，然后来叫我。"第二天，儿子看好庄廓位置并在中央插上了一根针，然后去叫父亲。两人一同前去查看，发现儿子正好将针插在了父亲提前放好的钱币的方孔中，父亲见状捋着胡子笑着说："我俩想到一块去啦。"就在那里动土扶板打上了庄廓，正是现在纳家滩的张丹麻。

几年后，他们开荒种田变富了。有一天，张

家爷爷得了重病，他把儿子叫到跟前说：“现在的帝王只是吃喝玩乐，不顾百姓死活，我看不惯这些。我死后，你扎上一匹草马、备上鞍子，在我手中放一张弓，然后把这些一起下葬，接着闭门诵经一百零八天。满一百零八天后，拿起弓向皇宫的方向射去，定能射死昏君，然后，建一个百姓满意的国家。”老人说完就安祥地去了。

儿子按照父亲的遗言，安葬好父亲后，就开始闭门诵经，全不理会其他事情。到了九十九天时，妻子突然闯进来又哭又闹：“你什么都不管，家里的伙计们把东西全都拿跑了，难道这个家要败在你手里吗？”儿子心想：“父亲嘱咐我诵经一百零八天，已经念了九十九天，再过九天就满了，现在总该可以啦。”于是他就拿起弓箭向皇宫方向射了三箭。

此时皇帝正在睡觉，当皇帝醒来时，大臣们已跪在皇帝面前，领班大臣说：“有人向皇宫射来三箭，请我主定夺。”皇帝下旨速速捉拿射箭之人，但侍卫们找遍了整个皇宫也没有找到。皇帝下旨要把皇宫的人全部杀光，一位大臣说：“万岁爷，请压压惊。看来这箭是从远方射来的，看箭上的羽毛，好像是来自偏远的地方。”于是皇帝便派人到处去视察。几个月后办差人员回来报告：“在那遥远的西北方向有个叫纳家的地方，那里出了一个了不起的人，叫张丹麻，箭是他射的，现在他正征集军马粮草，要打到我们这里来。”

皇帝听了之后，非常生气，便派军镇压张家儿子，那时张家儿子还没有征集到多少军马粮草，结果就被擒了。

张家儿子被擒之后，遭到严刑拷问，皇帝还亲自审问：“是谁让你射我，是谁教你这么好的技艺？”他回答：“还用说吗？无能的皇帝，你贪图享受，不知老百姓的死活，留着你有什么用？”他就是没有说出实情，结果被斩首，头颅挂在城门上示众。

皇帝一直耿耿于怀，后来还是查出了原委，挖开了张家爷爷的坟墓。挖开坟墓时，草马复活了，张家爷爷的尸体站了起来，手拿的弓已经拉满快要射出去了。

据说，如果张家爷爷的儿子闭门诵经满一百零八天，张家爷爷就能复活，从坟墓中骑马出来，到那时他便所向无敌，儿子射出的箭能射死昏君，赤列布山能变成铁山，小寺山嘴和安定山嘴能合拢到一起，在纳家建城，四面环山，人民定能安居乐业。张家儿子没有按父亲的遗言念满一百零八天的经，结果误了大事，命也没有了。

那时，安定山嘴和小寺山嘴还是一直相互靠

拢着，皇帝怕有后患，于是派人把山脉弄断了。自那以后，安定山嘴和小寺山嘴就再也不能相互靠拢了，但两山嘴上都有个泉眼，据说是张丹麻的眼泪。

搜集时间：1989 年

流传地区：互助县威远镇纳家村

讲述者：苏四什点

搜集整理：苏成寿

萨兰姑和达拉

从前，在一个大村庄里，住着一个唱山歌唱得极好的单身小伙子，名字叫达拉。他父母早亡，没有娶上媳妇。由于家境贫困，拉了不少账，到腊月二十九时要债的踏破门槛，逼得达拉在家里无法待下去。他想，阿舅家境好，以前资助过自己一些粮食和衣物，现在不如再到阿舅家里弄些钱来还债。如果说借钱还债，他阿舅是绝不会给的。因此，他见了阿舅就撒谎说，过年时要娶媳妇，请阿舅给帮些钱。

阿舅不相信他的话，心里想他这么穷，谁愿意把姑娘嫁给他，谁愿意给他当媳妇？就说："我给你钱可以，但你不能拿这个钱还债。我在正月初四去你家，你若没娶下媳妇，那我就不客气了！"阿舅以为这样威吓，他就不敢要钱了。谁想到达拉坚定地说："对，对，对，请阿舅初四到我家来，若没娶下媳妇，我情愿受处罚。"

阿舅把给钱的话说出了口，不好食言，就拿出三十两银子给他。达拉拿着银子全都还了债。

除夕之夜，家家户户张灯结彩，吃肉、喝酒，欢度春节，而达拉却在家独自一人，没吃没喝。这还不说，使他更发愁的是初四他阿舅来看新媳妇怎么办？他知道，他的阿舅脾气刚强，最恨别人骗他。如果他来了，知道自己撒了谎，就非挨打不可了。他越想越害怕，如坐针毡，安宁不下，便闷闷不乐地走到屋外。

三十晚上没有月亮，黑沉沉的，什么也看不见，只听见附近娘娘庙里的钟声“当、当”地送入他的耳朵里来。小伙子漫步来到娘娘庙里，看见许多人在那里上香、点灯、煨桑，祈祷娘娘的保佑。

达拉也混进人群，叩头、祈祷，默默地祈求娘娘赐给他些钱，如果能赐给他个媳妇更好。他一面叩头祈祷，一面向娘娘脸上望去，忽然心生一计：待到初三晚上，把这神像请到家里，初四叫我阿舅看上一眼，再把她送回这里，不就可以躲过一顿痛打了吗？

转眼就到了初三晚上，没有人再到娘娘庙里煨桑、叩头了，庙里静悄悄的。达拉把家里的炕打扫得干干净净，用柏香烟熏了又熏，就乘黑夜偷偷摸摸走进娘娘庙，摸黑把娘娘神像慌慌张张地请回家，放在炕上，叩头祈祷说：“灵验的娘娘，黑头凡人背你来家，请不要见怪。我背你来不是为给我做媳妇，而是为了避免挨打，我不得已才请你来。明天我叫阿舅只看你一眼，然后马上送你回去。”叩罢头，抬头向上一望，神像在微微地笑着，哪里是神像，明明就是一个姑娘，并且开口说话了：“我不是娘娘，我真是你的媳妇，我叫萨兰姑，明天你阿舅来时，你只管招待他，不要多说话，一切由我安排，你放心就是了。”

达拉见这情景一时惊呆了，连连叩头，惊问：“你是神，还是人？”

“我是人，不是神，你不要惊慌，不信你到娘娘庙里去看，神像依旧在那里。”

达拉连忙去庙里一看，神像果然还在原地方，他又急忙返回家里。这时，萨兰姑已经进厨房烧饭、炒菜了，一股香味扑鼻而来，这下弄得达拉晕头转向，不知如何是好了。他呆呆地想了一会，萨兰姑已经把饭、菜端上来了，叫他赶快吃。达拉不敢吃，她就说：“过年这三天，你为找媳妇发愁，也没吃上一顿好饭，现在媳妇把饭做好了，你不吃还想什么呢？”

达拉忙说：“我没想什么，我没想什么！”随手拿起筷子准备吃菜，心里又扑腾、扑腾地跳起来，还是不敢吃。

“你不要慌，不要怕，我俩一块慢慢吃。”说着媳妇萨兰姑拿起筷子吃起来，达拉这才吃了。

达拉一生没有吃过这样好吃的饭，心想：我

家里什么东西都没有，她拿什么做了这么多、这么好吃的饭菜呢?

萨兰姑猜着了达拉的心思，就说:“这些都是我从家里带来的，我家里东西倒不少，但一个人能带来多少呢?”她看了看达拉又说:“我家吃的穿的都不用发愁，就有一件事愁坏了我阿爸、阿妈，也愁坏了我啊!”

达拉问:“什么事叫你全家发愁?”

“我阿爸、阿妈没有个儿子，想招个女婿，但我找了多年，找不到一个称心的人，现在有了你，愁事可就变成喜事了。”

“那么我俩就去你家吧。”达拉穷得正无处安身呢!

“不能急，明天你阿舅来了，我们把话说清楚，我俩再走不迟。”

“明天我阿舅来，问我你是什么地方人，谁家的姑娘，叫什么名字，媒人是谁，我怎么回答呀，这不是又麻烦了吗?”

“我找你找得好苦，你还不认识我吗?去年赶庙会时你在龙泉上喝过水没有?”

“喝过。”达拉急忙回答。

“你正在喝水的时候，一个姑娘牵一匹枣骝马，到泉边饮水，你记得不?”

“啊!记得，记得，饮马的姑娘就是你?”

“你的几个俏皮伙伴和你开玩笑说，这阿姑看上你了，这阿姑看上你了，是不是？”

“是，因为他们开我的玩笑，羞得我没敢好好看你啊。”

“我一个姑娘都不怕羞，不怕别人说，以饮马为由头来看你，你一个小伙子羞啥？”萨兰姑接着又说：“那天我们遇面何止一次，你们先到赛马场看赛马，然后到戏场看戏，没多久到河滩树林里唱少年，是不是呀？”

达拉赶紧解释说：“当时我不曾留心你，作梦也梦不到骑大马、穿锦缎的小姐会看上我这穷小伙子。”

“穷怕什么，有了人什么都有了，没有人，就有‘金山银山’又有什么用！”

单身相思怕夜长，恋人相遇嫌夜短。他俩绵绵情语还没有说完，鸡已叫多遍。萨兰姑说：“我们的话几天几夜都说不完，以后慢慢说吧。现在我俩打扫房子，生火烧茶，准备迎接阿舅来。”说着两个人就忙起来了。

达拉的阿舅叫朵朵，是土族的“都洛隆廓”(七个地区)有名望的人，他本来是个细心人，可是细心人有时也粗心大意——他没有向外甥达拉问清究竟娶的是谁家的姑娘，为此他把三十两银子给了达拉后，几天几夜没睡着觉，左思右想，觉得他上了外甥的当。他又想，看达拉那不含糊的样子，也说不定真的娶了媳妇。如果真的娶了媳妇，明天空着手去，也太不尽情理了。他躺在炕上翻来覆去就是睡不着觉，最后决定明天还是把贺喜的礼物带上，不然他这阿舅的脸往哪里放?

第二天醒来太阳已升老高了，朵朵赶紧收拾礼物，穿上新衣，骑上他的银白色马，给外甥贺喜去了。他想探明自己到底上了当没有。

达拉在炕上铺好毡，火盆里弄好干牛粪火，就等在门外看阿舅来。萨兰姑在厨房准备好茶、馍馍和手抓肉。可是等到日上三竿还不见阿舅来。萨兰姑问："阿舅家在哪里，他叫什么名字？"

"他家在塘拉那仁，名字叫朵朵。"

"啊！是他呀？"萨兰姑惊奇地睁大了双眼。

达拉也惊奇地说："是啊！你认识他？"

萨兰姑就说："我没见过他，可是我阿爸经常说，塘拉那仁的朵朵赞歌唱得好，他的歌非常好听。""照你说你阿爸是个有名的歌手，他到底是谁呀？"两人正说话间，忽听得门外大声咳嗽了两声。

"阿舅来了，阿舅来了。"说着，俩人一起出去迎接阿舅了。

阿舅朵朵来到达拉家门口，只见门前冷冷清清的，屋里静悄悄的，哪里像个娶媳妇的样子。

为此，他心里凉了半截，不意之间干咳了两声。忽然，他看见达拉和一个年轻女子跑了出来，热情地迎接他，这才转怒为喜，听得年轻姑娘连声称他阿舅，他心里甜滋滋的。

达拉接住阿舅的马缰绳和马鞭子，然后把驮在马背上的花褡裢解下来，交给萨兰姑，萨兰姑笑嘻嘻地对阿舅说："阿舅，外面天气冷，达拉已经生好火，在门口等你好久了，他刚进来，你就到了。

朵朵是个细心人，他一眼看出这女孩是个大家闺秀，面容像彩虹一样艳丽，穿着姑娘的花袖衫。

朵朵刚上炕坐下，萨兰姑就把装着酥油花的炒面盒子，刚炸好的"薄适佐"、"盘馓"端上来，龙碗里倒上了清香的奶茶。刚喝完奶茶，她又端上了大肉方子。然后敬了三杯青稞酒后说："阿舅，我给您敬三杯酒，您为我俩的婚事操了不少心。您是达拉白骨的主儿，请喝三杯酒吧。"几句话说得精通土族习俗的朵朵目瞪口呆，萨兰姑接着又说："阿舅，你是我们土族'都洛隆廓'有名望的人，达拉没有阿爸、阿妈，你要当'上席'把他送到我家，我的阿爸才喜欢呢！"

"你的阿爸是谁？"朵朵问道。

"我的阿爸是巴干斯让，阿舅见了可能认识。"

"是塘沙泉儿的巴干斯让吗？"

“正是他，阿舅！”

“啊，我们是老相识，年轻时曾多次在一起唱问答歌，我对不过他。我很佩服他的记忆力，别人唱上一首歌，他马上全记在心里并对唱给对方，可是已经有十多年未见面了。我时常听人说，他老两口没儿子，只有一个女儿，想招个女婿。”

“是，阿舅，我阿爸、阿妈只想找个有名望人家的儿子，两位老人费心不少，可是他俩看上的我不喜欢，现在好，达拉是“都洛隆廓”有名望的人的外甥，你再把达拉送到我家，我阿爸、阿妈会心满意足的。”

“好，好，好得很，我一定去。”

“我们今天就去，”萨兰姑急切地说。

“啊！这怎么能行，我和你阿爸多年没见面，我这样空手去，怎么能行啊！”

达拉说：“阿舅，礼物你不是装来一褡裢吗，就把它拿了走。”

“这是我送给你的礼物，怎么又拿去送别人呢？不行！不行！你赶快骑上我的白马到我家里，叫你舅母备一份厚礼，另外把家里的那两匹马也备好拉来。”达拉来到阿舅家就笑嘻嘻地对舅母说：“舅母，阿舅说，叫你备一份厚礼，他要到塘沙泉儿巴干斯让家去坐上席，把家里的两匹马也拉去，叫我和你外甥媳妇骑。”舅母被达拉说得莫明其妙，她问：“你慌慌张张地在说些什么呀？给你娶媳妇，怎么你阿舅又坐起上席来了？莫非出嫁的是你不成？两匹马叫你和谁骑呀？”

达拉又详细地给舅母说了一遍，舅母听后十分高兴，赶忙备好礼物打发外甥并问：“你什么时候来给你阿舅拜年？”

“还说不准，”达拉回答。

“今年可得双双对对地来，你一个人来可不行啊！”

“是，一定两人来，”说着骑上马，拿着褡裢飞快地走了。

再说达拉去舅舅家取厚礼的时候，朵朵详细询问了萨兰姑和达拉怎样相识的，她的父母意见怎样等等。萨兰姑将一切经过向阿舅说了。朵朵听了悲喜交加，心想巴干斯让的家境倒不错，姑娘也很干散，他为这门婚事高兴，可又一想，达拉招赘到他家，姐夫、姐姐的这门户算断了根、绝了后，一时望着天花板，老泪纵横。萨兰姑看到阿舅这神情，赶忙解释道：“阿舅，你不要忧虑，我阿爸、阿妈没有儿子，对达拉会当亲生儿子看待的，我们的第一个儿子随他姓。”朵朵听了这话转悲为喜，称赞这姑娘很通情达理。正在这时，达拉已到了门口，他们三人各骑一匹马，向萨兰姑家走去。

萨兰姑原来并不是她的名字，由于她长得像天上的彩虹般美丽，后来人们把她的真名给忘了，都叫萨兰姑。

巴干斯让老两口为给女儿招个称心的女婿，托亲请媒花费了不少酒钱，但始终没找上一个称心的人。为此，老俩口乘赶庙会之际，带上女儿去物色女婿。萨兰姑在赛马场上就看中了达拉，但是她却没有办法打听到他的名字和住址。

萨兰姑回到家里，一直把达拉牵挂在心上，她总想出外去找，可总没有适当的机会。

转眼春节到了，正月初三出嫁姑娘的和初四娶媳妇的很多。萨兰姑的姨娘也在初三这天出嫁姑娘，她要去装箱，正好这是出外的好机会，但不便将心思说给父母，正月初三早晨天刚麻麻亮，萨兰姑就拿好给姨娘女儿送的礼物，另外又拿了些年猪肉、油炸馍馍去姨娘家添箱。

姨娘家离萨兰姑村庄约二三十里，一路上，希望能在路上巧遇她心上的人，越是碰不上，越是细心看，不知不觉地这二三十里路整整走了一天，到她姨娘家已经日落西山了。

到姨娘家还没等吃好饭、喝好茶，人们已吆喝“纳信”来了，大家都跑到门外去看热闹。在歌舞吵闹声中迎亲纳信进入院里。萨兰姑从窗缝向外一看，她心中突突地跳起来，那个小纳信不就是龙泉上开玩笑、说俏皮话的那个小伙子吗？她高兴得笑起来，可是又想，怎么好意思向他打听她心上的人呢？她左思右想，终于想出了一个好办法。

正在这时，纳信们唱起优美的赞歌来，那歌声真是比唢呐还好听。机灵的萨兰姑问旁边一个小姑娘："小纳信的歌唱得真好听，不知他是哪里人，叫什么名字。"

小姑娘说："他是我们邻村人，是新姐夫的姐夫，名字我忘了，你还不知道，他和他们村的达拉两个人伴在一起唱山歌，那就比这更好听了，听说去年他俩在庙会上唱山歌出了名。"

这时萨兰姑心中已明白了，他心中的人是邻村的，又故意问："那么他俩来当纳信多好？"

小姑娘说："达拉家里只有他一个人，连媳妇都没有，怎么当'纳信'呀？"萨兰姑听了小姑娘的话更高兴了。

两个纳信唱歌跳舞，到鸡叫第一遍把新娘迎走了。第二天，萨兰姑辞别了姨娘，就到邻村去打听达拉。她从别人那里打听到达拉的家，便来到达拉的门前，可是看不见他家有人出入，她不敢冒然进去，怕别人笑话。一直等到傍晚还不见有人从他家出来。这时天气越来越冷，看到村前有个破庙，便暂且躲到那里。就在这时，达拉慌慌张张地摸黑把萨兰姑当神像背回了家。说来事情这样奇巧，好像神像娘娘显了灵验，促成了这段姻缘，真是吉人自有天相。

现在，他们三人骑马到了塘沙泉儿巴干斯让家门前，萨兰姑下马跑进了庭院，告诉她父母："你的老相识朵朵送新人到了门前，请二位老人快拿酒壶敬进门三杯酒吧。"

巴干斯让夫妇莫明其妙，忙拿起酒壶出门敬酒，以贵宾之礼接他们进家。朵朵说："多年不见，想不到今天又到你家坐'上席'。"巴干斯让是个明白人，一听朵朵的话就知道朵朵送来的是她女儿朝思暮想的女婿，便连声喊老阿奶："通知本族家人准备呼仁木（土语，指酒席），今天虽是初五，也是良辰，马上举行婚礼。"

巴干斯让的家人赶紧准备办酒席，萨兰姑和达拉在闺房换新装礼服，在一片歌舞声中举行了婚礼。

婚后夫妻恩爱，孝敬父母，过着幸福生活。

搜集时间：1984 年
流传地区：互助土族地区
讲述者：多金垮尔
搜集整理：李友楼

贤惠儿媳

从前，有一户人家，母亲去世较早，家里只剩下父亲和六个儿子。

父亲起早贪黑，辛勤劳动，养育着六个儿子，儿子们长大成人后，父亲东借西凑给儿子们娶上了媳妇。可是到了后来，几个儿子抛弃了父亲，分房各过各的日子去了。父亲日子过的很可怜，无人照顾，吃了上顿没下顿，岁数也渐渐大了，人也活到尽头了。

在村里人的劝说、责怪下，六个儿子才将父亲你五天我五天地轮流照顾着。在这六个儿媳妇当中，老五儿媳妇心底善良，尊敬、孝顺父亲。有一次轮到老五照顾父亲，当住到第五天的下午时，天下起了大雨。老五儿子宰了只羊，肉快熟的时候，天也黑了，他父亲在他家住的日子也满了，他不但没给父亲吃一块肉，而且在雨中就把父亲送到老六家去了。老父亲欲哭无泪，一声不吭地到了老六家。

老五送走老父亲，回到自己家时，看到媳妇把儿子甩到积水坑里，就气不打一处来，骂媳妇不该把孩子甩到水坑里。他骂着骂着，刚把孩子从院坑的积水里抱了上来，媳妇又从男人的怀里把孩子夺过来，说要杀掉孩子。男人看见媳妇如此这般，就问她是不是疯了。媳妇回答：“我没有疯，我们不把这孩子杀了，等他长大成人后，还不同样虐待我们吗？”

男人听到媳妇的话后便问：“为啥儿子长大后要把我俩虐待呢？”

媳妇说：“这就跟上梯子一样，你不赡养孝敬老人，这孩子长大后就跟你一样也不孝敬我们呀！你说养他还有什么意思，不如杀了他？”

男人听了媳妇的这一番话后顿然醒悟，就给媳妇说：“我没有孝敬父亲，这是我的不对，你说现在该怎么办？”

媳妇说：“你把我说的话今晚好好想一想，明天去老六家把父亲接到家中，如果你再不听我的话，我不吃一点羊肉，也不给你当媳妇，离开你后，找一个孝敬老人、心疼老人的人，去给他当媳妇。”

男人对媳妇说：“再不听你的话我就不是人，我们今晚也不吃肉，明天我去把父亲接过来一块吃。”

第二天，老五把父亲从老六家接到了自己的家。从此以后老五两口子心疼老人，孝顺老人，给老人吃好的、喝好的，给老人铺上软绵绵的被褥。父亲看到儿子的变化，心里也非常高兴，每天给他们看看孩子，干些零碎活，心里觉得非常舒服，见人就念叨儿媳妇的好：“哎！我们老五儿媳妇心肠好。从别人家来的儿女比自己的儿女好，自己的儿女不如别人家的。”

在以后的日子里，全村庄的男女老少都夸赞老五的媳妇，说老五媳妇是一个贤惠的好媳妇，整个村庄里也形成了一个敬老、孝老的好习惯。

搜集时间：1987 年

搜集地点：五十乡北庄村

讲述者：李福祥

搜集整理：李生元

十个儿子和他们的父亲

很早以前，有个叫扎西的官员，他有十个儿子。后来，十个儿子一个个都长大成人了，父亲心里想道：孩子们如果和和睦睦地一起生活，自己一生积攒的家产也就能够保存下来。儿子们却和父亲的想法不一样，他们很不团结，各行其事。有一天，父亲把儿子们叫到跟前，拿出一把筷子，对儿子们说："我这有一把筷子，你们轮流试一下，看谁能把它折断？"

儿子们听了父亲的话，都想在父亲面前露一手，抢着想先折断筷子，但不管怎样，一把筷子从这个儿子手中转到那个儿子的手中，又从那个儿子手中转到这个儿子手中，他们都使出全身力气也没能折断筷子。这时，父亲又给十个儿子每人分了一根筷子后说："现在你们再试一下，看能不能折断！"

儿子们接住筷子后毫不费力地把筷子折成了两截。这时，父亲语重心长地对儿子们说："孩子们，你们看见了吧！十根筷子不易折，一根筷子容易断，你们十个弟兄好比这十根筷子，团结在一起，心往一起想，劲往一处使，谁也欺侮不了你们，无论什么人也挑唆不了你们之间的关系；如果你们不团结，心不往一起想，很容易被人欺侮，这个家也很快会衰败的。”

儿子们听了父亲的话，才明白了父亲的一片苦心：别人给你说好话的少，听了别人的话会砸了自己的锅。从那以后，十个儿子很和睦。不管什么事都要商量着一起办，干什么活都互相帮忙。这样人们谁也欺侮不了他们，也没有瞧不起他们的人。

搜集时间：1984 年
搜集地点：五十乡拉日村
讲述者：尼达希加
搜集整理：祁仁虎

心术不正的弟弟

从前，有弟兄俩，弟弟跟妈妈住在一起，哥哥娶了媳妇后与弟弟分了家。过了几年后，妈妈病逝了，弟弟就背上妈妈的尸体，把她放到一户富人家的豌豆地里了，就像是偷吃豌豆的人。没过多久，地的主人看见有人在偷摘他的豌豆，站在村前大声喊：“哎，别偷我的豆子。”骂了一会儿，那人毫无动静。地的主人越看越生气，走到地边看都没看，一石头打过去，正好打在那人的背上了，那人立刻倒下去一动也不动了。

这时候躲在一旁的弟弟走出来说：“啊！我妈妈饿得实在没办法，把你的烂豆角摘吃了几个，你却把她打死了，这不是小事，你不赔我命价，我要告你，衙门要治你死罪的！”地的主人不知是计，真以为把人给打死了，什么都没说就给了弟弟好多钱，这场官司也就免了。

弟弟拿着钱高兴地跑回家给哥哥炫耀说：“哥哥哎，我告诉你件好事，现在人的尸体也能值钱，你看，我把咱妈的尸体背到村外卖给了一个有钱人，发财了，现在我也成了有钱人了。”

哥哥听了弟弟的话后，看他背着一褡裢沉甸

匍的银子，气喘吁吁的样子，便信以为真了。回到家后便把媳妇打死了，第二天背着媳妇的尸体到村口去卖，可卖了一天一个人都没有买，看热闹的却围了一大圈，人们都认为这个人是个疯子，没人理他。

哥哥只好又把尸体背回了家，累得满头大汗。一路上却在生弟弟的气，越想越生气，回到家后一把火把弟弟的房子烧了，边烧边说："你害得我失去了媳妇，还败坏了我的名声，现在我让你也受受害人的滋味吧！"

弟弟看着房子被烧也不去救火，好像什么事也没发生似的，等房子烧完后，背上灰到很远的地方去了。一天他来到一户牧民家，这家里只有父女俩。弟弟把装灰的口袋放到帐房里说："我有点事要到外面去，帮我看一下东西，千万不要动我的口袋，里面可有很多金子和银子。如动它一下，马上就会变成灰和石头的。"说完后马上出去了。这父女俩越不让他俩看，越觉得好奇，想知道这袋子里面究竟装的是什么。为了看个明白，他俩打开袋子一看，里面全是灰和石头，这下吓坏了父女俩。女儿说："他走的时候说了不要动他的袋子，如果打开看会变成灰和石头的，现在真的变成灰和石头了，人家以为我俩偷了他的东西，那怎么办？"

这时，弟弟走进帐房，径直走到自己的袋子跟前，一看袋口已松开，灰也洒了一地，就说："我不让你们动我的口袋，你们不听，看到了吧，一口袋金银全变成了一文不值的灰，不管怎么说，我有话在先，你们要赔我一袋金银，不然的话，我们去衙门，衙门会问你们罪的，这样你们会家破人亡的。"父女俩只好赔了他好多牛羊。弟弟于是赶着牛羊心满意足地回家了。

弟弟赶着牛羊回到家后，又对哥哥说："哥哎，这几天我又去了一个地方，那儿连灰都值钱，你烧了我的房子，我把那灰给卖了，你看我换回了这么多牛羊，在路上还把一些送给了别人。"

哥哥又信以为真，回到家后，一把火烧掉了自己的房子，等房子变成灰烬后装入口袋，背着灰到弟弟说的那个地方去卖，转了好几个村，别说买连看的人都没有，这时候才知道上了弟弟的当。哥哥很生气，扔掉口袋回家了。在路上一边走一边自言自语："前一次你骗我把媳妇打死了，这次你又骗我把房子给烧了，现在你害得我要家没家，要媳妇没媳妇。"回到家后，把弟弟痛打了一顿后赶出了家门。弟弟走到了一座高山上，一看这山高得不见底，走投无路，便仰头大声喊道："哥，我错了，我错了！"弟弟喊一声，山那边传来他的回声，他怎么说山那边的回声就怎么说，弟弟说：“你不要把我放心上，你如果不肯放过我，我就跳下山去！”

从山谷里也传来：“跳下山去！”弟弟一听，以为是让他跳下去，于是便从山上跳下去摔死了。

搜集时间：2007 年

搜集地点：台子乡多士代村

讲述者：兰索，53 岁

搜集整理：祁兴月　乔生武

三姊妹

有一对夫妻，妻子已经怀孕。他俩盼望能生一个男孩儿，认为“养下男儿满堂红，养下女儿一场空”。

十月怀胎已满了，有一天，随着“哇，哇”的两声哭叫，一个小生命出生了。两口子急忙把孩子抱过来一看，结果发现不是男孩而是个女孩。两口子半天没出声，最后还是妻子先开口说话了，她说：“人们说，先开花，后结籽，既然头胎是女孩，二胎肯定会生男孩。”夫妻俩指望着二胎能生个男孩。

果然，没过两年，妻子又怀孕了。两口子满怀信心，认为二胎肯定是男孩。妻子说：“花儿已经开过了，哪有开花不结籽的？”男人说：“我看你右腿轻，左腿重，男左女右，一定生男孩。”

可是等孩子生下来一看，又是个女孩。两口子觉得很扫兴，就互相埋怨起来。男人说：“你说先开花，后结籽，为什么花开了没结籽？”

妻子说：“你说左腿重，右腿轻，男左女右生男孩，为什么又成了女孩？”

互相埋怨没有用，夫妻俩又指望第三胎。又

过了两年，妻子怀了第三胎。两口子认为这次该是男孩了。为了保险，夫妻俩又到庙里烧香，又去寺院敬佛，还到祖坟上去许愿，而且北门挪到南面开，土炕换成新板炕。两口子以为经过这许多禳解，生个男孩就不成问题了，结果第三胎还是个女孩。

男人愤愤地对妻子说："我看你这个样子就不会生男孩！"妻子说："连神、佛、先人都没办法，你要是能的话，你给我生个男孩看看！"

夫妻俩还不甘心，渴望第四胎生个男孩。但是一直等了十多年，不要说生男孩，连孕都怀不上了。

这两口子重男轻女的思想越来越严重，平日里作梦都在生男孩，对女孩也越来越讨厌，动不动就打骂三个女儿，还骂她们是赔钱货。

光阴匆匆，一晃十几年过去了。三个女儿已经长到十四五岁了。俗话说，"女大十八变，越变越好看。"三姊妹确实出落得一个比一个好看。她们不但聪明伶俐，而且缝补蒸煮样样都会。可是夫妻俩还是对女儿们非常冷漠，嫌她们吃，嫌她们穿，更怕给她们备嫁妆。

三个姑娘特别喜欢花。有一天，她们不知从哪里摘来几朵小花，你争我夺，闹个不休。老两口看到此情此景，眼前一亮，想出了一个坏主意。

他俩把三个女儿叫到跟前，说：“你们三个如此喜欢花吗？”

女儿们回答：“我们确实非常喜欢花。”

“那好办，明天阿爸带你们到花儿沟里去采花。那里的花儿可好看了，有碗大的花，也有雨伞大的花，还有车轮大的花呢。你们采来几大捆，玩个够吧！”

三姊妹听到阿爸要带她们去花儿沟采花，高兴得一夜没合眼。第二天一大早，阿爸就带着三个女儿出发了，走了大半天，才来到花儿沟。这里森林茂密，百花盛开。三姊妹看着五颜六色的鲜花，高兴极了，就不顾一切地采起花来。

阿爸看见女儿们采花的兴头，心中暗喜，就对女儿们说：“你们放心采吧，到走的时候，我一甩袖子，你们就回来。”

约定好了，三姊妹便一心采起花来，采了碗大的花，还想采伞大的花。就这样越走越远，不知不觉走进了深山老林。一直等她们觉得肚饥口渴的时候，才想起该回家了，可这时太阳已经落了西山。三姊妹可着急了，急忙返回到阿爸等待她们的地方，只见一棵老干棒树上挂着阿爸的破衣袖子，被风吹得飘来飘去，而她们的阿爸却早已不见了影子。

转眼月出东山，夜幕重重。群山显怪影，松

涛作鬼嚎，再加上虎啸狼嚎，猫头鹰的怪叫，三姊妹吓得挤做一团，呼爹喊娘。

这时候，有三个年轻猎人，手持弓、箭、刀矛，背着猎物回家，恰好经过这里。听到三姊妹的哭喊，他们上前惊讶地问："这么晚了，你们三个姑娘在这里干什么？是不是想喂狼呀？"

此时此刻，大姐、二姐又怕又羞，不敢上前答话，还是三姑娘干脆，她上前去说："猎户阿加们，我们三姊妹来这里采花，结果误了时间，我们的阿爸把衣袖挂在树上，扔下我们自己走了。我们不知回家的路，再说天也黑了，我们回不去了！"

猎户二哥问："你们是哪儿的人？我们可以送你们回家。"

"我们是前山那边的人，离这儿很远。再说我们已经一天没吃饭了，要走也走不动了。"

猎户大哥说："傻二弟，你想一想，她们的阿爸把破袖子挂在这里溜走，这说明他是把这三个丫头送到这里来喂狼的。把她们送回家去，她们的阿爸阿妈能对她们好吗？"

三姊妹听了这话，又伤心地哭了起来。

猎户三弟说："看这三个姑娘怪可怜的，我们家里没姐妹，何不把她们领回咱们家呢？"

三姊妹遇到了救命的恩人，高兴地跟着猎户三兄弟去了猎户家。

这猎户三兄弟，只有一个老阿妈。他们种庄稼没有地，放牧没有牲畜。因此，住在深山石洞里，专靠打猎、挖药材为生。亏得三兄弟又勤劳又勇敢，日子过得还不错。

猎户阿妈看见儿子们领来了三个姑娘，高兴得不知如何是好，赶紧端上大块大块的兽肉招待她们，就像对自己的亲闺女一样。

从此以后，三兄弟每天上山打猎、挖药材，三姊妹在家剥兽皮，晒肉干，缝补衣服，烧火做饭。猎户阿妈看着这三个姑娘既勤快又能干，打心眼里喜欢，就把家里的一切交给她们料理。

过了几年，三兄弟和三姊妹都已成年，他们就按照土族人的习俗结了婚，成为三对和美的夫妻，一家人过着和谐幸福的生活。

再说那重男轻女的老两口，他们已经一天一天地老了，生活无依无靠。村里的人都已知道他俩狠心地把自己的三个姑娘送到深山喂了狼，所以谁也不去接济这伤天害理的老两口。

猎户阿妈是个通情达理的老人，她说媳妇应该回去看看父母，认认娘家，既便是生下了孙子还需要外爷、外奶奶，便准备了丰厚的礼物，打发三对小夫妻去上门认亲。

三对年轻夫妇拿着礼物来到娘家，一推大门，门关死了，便爬上房顶，从天窗往下一看，只见老夫妇俩眼睛都瞎了，肚子饿得正在吃草木灰呢。三个姑娘一阵心酸，她们把食物顺着天窗放下去。老两口摸着食物，一面拼命地吃，一面不住念叨：“嗡嘛呢叭咪吽！老天爷开眼赐给了我们食物，还望赐给我们一个儿子吧！”三姊妹听到父母的话，心想：你俩到了这步田地，还在盼着儿子，那就等着老天赐给你们儿子吧。于是，她们死了心，转身下房回家去了。

搜集时间：1975 年

搜集地点：东山乡白牙合村

讲述者：牛李氏奶奶

搜集整理：李友楼

土观活佛奖歌手

《阿日洛》、《恰日洛》等富有土族特色的情歌，在其他土族地区早已失传了，但在东山、东沟地区还有流传。说起原因，还有一段动人的传说。

佑宁寺二世土观活佛曲吉嘉措是东山乡岔儿沟村幸金沟人，精通多种语言文字，是一位学识渊博的大学者。他的著作有五大部，这些著作除广泛流传在蒙藏地区外，有些还被译为英、德、法等外文流传在国外。据说他的著作中就有一部分是文学著作，内容涉及了土族的民间歌曲。

传说土观活佛在青壮年时期，曾随二世章嘉活佛多次去北京，先后谒见康熙、雍正、乾隆三位皇帝，被册封为“呼图克图”、“静悟禅师”、“静修禅师”等名号。他先后出任佑宁寺、夏琼寺、塔尔寺的法台，多次赴蒙古地区及青海藏区讲经说法，负有盛名。

晚年的土观活佛回到了佑宁寺。当时他非常想念自己的家乡，一次他骑马到故乡——东山乡岔儿沟，到了岔儿沟岭，听到悠扬的山歌从对面山坡传来。他停住坐骑，看到一个青年人赶着几头毛驴，走在弯弯曲曲的山道上。毛驴在前面慢慢走，他在后面放声唱。土观活佛驻马听了许久，直到青年人停止歌唱后才打马前行。

到了村庄后他问："我们村庄有没有好歌手？"

人们回答："歌手是有几个，只是年纪都大了，嗓子不太好了。"人们以为活佛问的是唱赞歌的人，根本没想到活佛会打问唱情歌的人。

活佛接着说："我在来的路上看见山坡弯路上一个赶毛驴驮粪的年轻人在唱，他唱得可真好听呀！"

人们听了后猜测，这唱山歌的可能是某某人，便派人去叫他。歌手听到活佛叫他，一时有些恐慌。可是土观活佛看见年轻人后，笑嘻嘻地说："就是他，就是他。"

活佛接着对歌手说："你唱的歌真好听。听了你的歌，让我想起了我的童年。那时我们家乡的山上，到处可听到这么受听的歌。离开家乡这么多年了，好久没能听到家乡的歌声，我是多么想念家乡啊！"他说话时感慨万分，接着问歌手："你家有几口人？有老婆、孩子吗？"

歌手回答："家里有妻子、一个孩子，一共三个人。"

活佛深情地说："我没有什么好东西奖赏你，

这里有三口袋青稞奖给你，你驮回去与妻子、孩子吃一下。以后你还要好好唱，把我们蒙古勒人的这个歌要永远唱下去，还要传给你的儿子、孙子，让子孙后代永远唱下去。”

土观活佛奖励歌手的佳话很快传遍了东山、东沟地区，所以到今天土族古情歌在其他土族地区已失传很久，但在东山、东沟地区还在传唱。

搜集时间：1979 年

搜集地点：西宁宾馆

讲述者：白光达烈，曾任青海民院教务长

搜集整理：李友楼

动物故事

想吃太阳的鸠

在远古的时候，世界上有很多东西和现在不同。那时候，乌鸦的羽毛比雪还白，猫头鹰也和别的鸟一样，是在白天出来活动。那时候凤凰还不是鸟王，当鸟王的是鸠。

鸠是个野心勃勃的家伙。有一天，它把乌鸦和猫头鹰两个师爷召了来，瞪大两眼忿忿不平地对它们说道：“既然鸟有鸟王，兽有兽王，花有花王，可世界为什么万物都尊崇太阳呢？不说别的，公鸡是我的部下吧，可是它每天早晨不先来朝拜我，而是先给太阳唱赞歌。花草树木兽类也一样，今天我就看见湖边上的黄花菜一见太阳起床，便马上展开花朵去迎接它……”鸠越说越气，简直说不下去了。

乌鸦一听，便哇哇地插嘴道：“是呀！盘子大的太阳，却管整个天下！按理说大王您是该管太阳的！”

猫头鹰也奉承地说：“对啊！大王身高膀大，本领无比，既能飞，又能走，到了水里还会游泳，升到天上能抓飞禽，落在山中能伏走兽，地面能管花草，水里能治水族。只有大王才配掌管天下呢！”鸠听见恭维很得意，一时忘乎所以，他要当宇宙至高的尊神，要把小小的太阳除掉！

乌鸦喜滋滋地献计道：“大王，这个不难，我们只要用几千张核桃叶缝在一块，把太阳遮住不就行了。”

猫头鹰听了，不禁“嗤”的一声笑了起来，对乌鸦说，“漫天的乌云还不能永远把太阳遮住，你那几千张核桃叶子能顶屁用。”鸠也反驳乌鸦说：“核桃叶子只能遮住你的家，却遮不住所有的地方呀！”乌鸦觉得自己的办法不行，就低头不作声了。

“有了！有了！”猫头鹰高兴地叫了起来。鸠和乌鸦异口同声地问道：“你有什么高招？快说！快说！”

“我们去把太阳吃掉！”猫头鹰得意地说。“啊！我们去把太阳吃了？”它俩有些惊奇。“对！我们去把太阳吃掉。你们想，中午的太阳只有饼那么大，我们只要几口就把它吞下去了。”鸠以为是个好办法，高兴得哈哈大笑起来。“对呀！”鸠傲慢地说，“把太阳吃掉，那时天下就是我的了。哈哈……”于是它命令道，“明天就干，我们就出发！”乌鸦和猫头鹰齐声说：“愿为大王效劳。”

第二天，它们三个起得特别早，饭也没吃，便一直向太阳住的地方飞去。猫头鹰因为夜里偷吃了东西，飞到半路，肚子疼得要命，像是有东西往下坠，只得找个地方拉肚子去。鸠和乌鸦一心想把太阳早些吃掉，就丢下猫头鹰拼命向前飞去。

鸠飞得最快，第一个飞进了太阳的卧室。它看见太阳还睡在床上，不管三七二十一，张大嘴巴就向太阳扑去。谁知这时太阳刚好醒来，眼睛一睁，顿时射出万道强光，转眼间便把鸠烧成了灰。

这时，乌鸦正飞到太阳卧室的门口，见到这般情景，慌忙转身逃命，但全身雪白的羽毛已被烧焦了。从此雪白的乌鸦就变成了黑的，像我们现在所看到的那样。

再说猫头鹰正在半路，看情形不好，赶紧往回跑。它心里又怕又愧，于是躲进了密林。从此，它再也没脸出来见太阳，只有晚上才敢偷偷摸摸地出来活动。

鸠死后，凤凰才当选上鸟王，直到今天还没有换过。

搜集时间：1962 年
搜集地点：东山乡
讲述者：牛李氏奶奶
搜集整理：青海师院学生

兔儿哥哥

有一天，一只兔子感觉肚子饿了，就一边在路上走，一边寻找着吃的东西，忽然看见一个挑着担子的买卖人走过来，就心生一计，懒洋洋地躺在路边，装作睡着的样子，一动不动。买卖人见了兔子也窃喜运气好，心想：要是捉住兔子就可以吃顿肉。买卖人把自己的担子放下，猛然一下抓住兔子装进了放糖的箱子里，自语道："你在我手里是跑不掉的。"

这当然也乐坏了箱子里的兔子，它吃饱了糖，并且在耳朵和嘴里也装满了糖，专等着买卖人打开箱子伺机逃脱。不一会儿，买卖人着急了，就追在了兔子的后面，他打开箱子想看看到嘴的兔肉，可这狡猾的兔子"嗖"地一下，趁机跳出箱子飞一样地跑脱了。买卖人着急了，马上去追。他越追，兔子跑得越快，最后买卖人还是没有追到，他气极败坏地边走边想：到嘴的肉，就这样从鼻子底下跑掉了。

就在兔子跑到一个山根里一边晒太阳一边吃着糖的时候，一条大灰狼来到了兔子身边，问道："兔子大哥，你在吃什么呢？"

兔子说："我吃自己的眼睛。"

"你给我一点，我也吃吃。"狼说。兔子从耳朵里拿出一点糖给狼吃了，狼吃了糖以后，觉得很甜，就信以为真，并请兔子帮忙取出自己的眼珠尝尝。

兔子说："取是可以的，但你千万别喊疼，要是喊疼，眼珠子吃起来就不甜了。"

狼说："行行行。"兔子就动手把狼的一只眼珠挖了出来，挖眼珠时太痛苦了，狼不由得喊出声来了。当兔子把眼珠放进狼的嘴里，狼一吃觉得不甜，就说："这眼珠子为什么不甜？"

兔子说："我跟你说过挖眼珠子时不能喊疼。"

狼想了一想又说："就是，那你把另一只眼珠子挖出来，这次我一定不喊疼。"兔子把狼的另一只眼珠子挖出来后甩在一边，然后在狼的嘴里放了点糖，狼觉得又甜又香，说："可两只眼珠子都吃了，我不能走路怎么办呢？"

兔子说："那怕什么，我可以领着你走嘛。"

于是，兔子走在前面，狼跟在后面走。兔子跑，狼也跟着跑，兔子站，狼也站。兔子和狼走到一个悬崖顶上，兔子便让狼先休息，自己去拾柴，不一会兔子就在狼身边燃起了一堆火，狼正烤得舒服的时候，兔子说："狼大哥，你往后退一退，不然会把你的毛燎着的。"

狼往后一挪，“扑通”一声摔下了山崖，兔子除掉了恶狼，便哈哈大笑着走了。

搜集时间：1994 年
搜集地点：五十乡拉日村
讲述者：李端珠
搜集整理：李生录　乔生华

老虎和青蛙

有一天，老虎和青蛙遇到一块了。青蛙问老虎：“你是谁？你来这干什么？”

老虎心里想：这么小的个子，还敢问我，这是什么东西？就对青蛙说：“我是老虎，我是来吃你这小东西的。”

青蛙一听老虎不认识他，就笑了笑说：“没什么，你吃我，你知道我是谁？”

老虎从来没见过青蛙，便好奇地问：“你是谁？”

“我是这里的大王，我的名字叫青蛙。”老虎没有相信。

青蛙又说：“你不相信，我俩比一比，看谁比谁强。”

“怎么比？”

“看谁跳得远。你看前面有条河，我俩就往河对面跳。”

老虎弓腰“嗖”地跳到了河对面。青蛙却悄悄地咬住老虎的尾巴，跟老虎一块跳到了河对面。老虎不知道青蛙也跳了过来，还在望着对面看青蛙，嘴里喊着：“青蛙，快跳过来。”

“我在这里，我比你跳的还远。”

老虎转身一看，青蛙真的跳过来了，蹲在远处，跳的比他还远，嘴里还不停地吐虎毛。老虎有点害怕了，就问：“你为啥吐虎毛？”

青蛙打了个饱嗝说：“噢！我昨天刚吃了只老虎，虎毛钻在牙缝里了。”

“啊！”老虎吓得喊出了声，连跌带绊地逃走了。

老虎正在跑，路上遇见了一只狐狸，狐狸问老虎：“虎王，你跑这么快干吗？”

老虎气喘嘘嘘地把事情的经过给狐狸一说，狐狸笑了，“虎王，你怎么了，那是青蛙，它在吹嘘自己。走，我们俩找青蛙去，没什么可害怕的。”

老虎害怕地说：“你去吧，我不去。到了青蛙跟前你不要丢下我就跑。”

狐狸说：“我怕你跑掉，这样吧，我们俩把尾巴连在一起。”

老虎和狐狸把尾巴连在一起后去寻找青蛙。快到青蛙面前了，青蛙大声喊到：“狐狸你昨天送来了那么大的一只老虎，今天这么迟干什么，你能快点走吗，我的肚子饿得不行了。”

老虎以为狐狸把他送给青蛙当早饭，转身像疯了一样往回跑，还把狐狸拉倒在地，狐狸疼得实在受不了就喊："虎王，你把我俩的尾巴解开后再跑啊。"

老虎怕得连魂都没有了，狐狸说了些啥都没听见，一会儿就把狐狸活活拖死了。

搜集时间：2002年

搜集地点：东沟乡洛少村

讲述者：张吉然

搜集整理：乔志良

山羊和狼

从前，山羊、驴和公鸡三个一块生活在山上。

有一天，它们出远门到卫藏朝拜。走了几天便来到荒漠草原，准备烧茶做饭，休息好后赶路，但谁也没带火柴。于是，山羊跑到一个土包上四处张望，看见很远的地方冒着一缕青烟。

山羊对公鸡说："公鸡哥，那边有人可能在做饭，看见烟囱上冒烟了吧，你跑得比大家都快，讨个火种回来我给你们烧茶。"

公鸡到有烟的地方看见一只恶狼正在烤火。狼看了看公鸡说："远方来的客人，你怎么来到我的家，快坐下，我俩聊聊。"

公鸡刚坐稳，狼马上问："你尖尖的嘴干什么用？"

"我用这个尖尖的嘴捉虫吃。"公鸡回答说。

狼接着又问："看你的爪子也锋利，干什么用？"

"我用锋利的爪子在地上刨虫子吃。"公鸡又回答说。

狼听罢公鸡的回答，暗自高兴，认为公鸡没有什么防护的特殊本领，于是公鸡被狼很轻易地吃掉了。

山羊和驴等了很长时间，别说公鸡取火回来，连公鸡的影子也见不着。山羊又对驴说：“驴大哥，你赶快跑去看看公鸡，他究竟在干什么，这么长时间还不回来。”驴到炊烟的地方一瞧，一只狼正在那里烤火，狼看看驴问：“哪里来的客人，我从未见过，请坐下烤火吧。”

驴很生气地说：“我来这里找我们的公鸡哥，你见了没有。”

“你们的公鸡哥刚烤热，便脱下皮袄去散步了，你稍等一会儿，他马上回来。”

驴坐稳后，狼又问：“你长这么大一对耳朵干什么用？”

“我用这对大耳朵听遥远的地方传来的声音。”驴回答说。

狼又问：“你长这么长的尾巴干什么用？”

“我这长尾巴用来驱除虻虫。”驴回答。

狼随后又问：“你脚上的蹄子长得很圆，长这么圆的蹄子干什么用呢？”

“我长圆蹄子是为了跑得更快。”驴回答说。

狼知道驴没有什么本领，就扑向驴咬断了它的喉咙。

山羊等驴和鸡回来，等得不耐烦了，就亲自找他们来了。

山羊到了有炊烟的地方，看见驴皮和鸡毛堆

在一块。一只狼不慌不忙地吃肉，山羊吃了一惊。狼见山羊来了，便把肉藏到锅台后面舔了舔嘴巴说："尊敬的客人，你好不容易来到这里，请坐下休息一会儿。"

山羊告诉狼："我的驴哥和鸡哥到你这里取火未回，本人亲自来找他俩。"

狼假惺惺回答："你的驴哥和鸡哥脱下皮袄散步去了，你稍等一下，它们马上会回来。"山羊刚坐下狼就搭话道："你头顶长两个尖尖的东西是什么？"

"我这两个是专门杀恶狼的利刃。"山羊威胁地一说，狼顿时心跳了一下。

"你下巴颏吊的是什么东西？"狼胆怯地问。

"我下巴颏吊的是吃狼肉擦嘴巴的东西，今天你来喂我，我非吃不可。"

山羊说罢使尽全身的力气扑向狼，狼吓得急忙一躲闪，不料山羊的犄角撞在石头上，立刻从犄角涌出鲜血把石头染红了，狼见状后吓得屁滚尿流，夹着尾巴逃命去了。

搜集时间：1986 年

搜集地点：东沟乡大庄村

讲述者：何哇麻卡

搜集整理：何俊德　鲁文忠

麻雀和花蛇

有一只麻雀孵了三只雀娃。这三只雀娃长着黄黄的身子、尖尖的嘴巴和圆圆的眼睛，毛茸茸的，漂亮极了。麻雀妈妈很喜爱自己的三个雀娃，一天到晚身心不离地呵护着三个雀娃，总是担心天敌抓去吃了，害怕顽童捉住弄死，甚至害怕自己出去寻找食物会丢失小雀娃，害怕寻找不到食物小雀娃会被饿死，以致犹豫不定，两头为难。有一天，她硬着头皮寻找食物去了，半路上忽然遇见了一条花蛇，走近仔细一看，原来蛇被挡羊娃砍为两截，蜷曲在地上呻吟着，眼看没命了。

花蛇看见飞来的麻雀，便伸展受伤的身躯向麻雀大声求饶："好心肠的雀姐，发你的慈悲之心救我一条命吧！"

麻雀惋惜地说："我这弱小的身体怎能救得了你呢？"

花蛇说："你快点把我两截身子接到一块，然后飞到山上的水池边衔一口泥涂抹到两截身上就可以了。"

麻雀听了花蛇的话，使尽全身的力气把两截蛇身接好，又飞到山上的水池衔来了泥水，小心翼翼地涂抹在两截蛇身上，蛇很快痊愈了。

麻雀救了花蛇的一条命，花蛇则暗暗高兴，想着将来怎样吞吃麻雀全家。于是，它将麻雀拜为姐，互相以姐弟相称呼。有一天，花蛇看望雀姐，因雀姐又是看护三个雀娃，又要寻找食物，整天忙得不可开交，花蛇看见三个雀娃饿得哇哇乱叫就告诉麻雀："雀姐，你是我的救命恩人，我要报恩，哪怕是豁出命也要帮你料理家务，看护你的三个宝贝，即使报不了恩，也要把心掏出来让你看。"

麻雀听了花蛇的话觉得很有道理，对花蛇说："好啊！只要帮我看护好我的孩子，我无忧无虑地寻找食物，家里就没有什么不放心的了。"于是麻雀把花蛇接到了家，然后告诫雀娃："孩子们，舅舅看护你们来了，我外出寻找食物时，你们要听舅舅的话，不要让舅舅受气。"

花蛇来到麻雀家后，小麻雀们再也不寂寞了，再也不害怕天敌和顽童们了，因为蛇舅舅保护着自己，使他们开心得蹦来跳去，整天玩得很快乐。

麻雀安排好家中的事，便要出门寻找食物。她再三嘱托花蛇看护好自己的三个娃娃，可是花蛇恩将仇报，麻雀离开不久后，就趁机把三个雀娃吞吃了，还乐滋滋地躺在麻雀窝里睡大觉。

麻雀嘴里衔着很多食物飞到家里，不见三个雀娃，急忙问花蛇："亲爱的蛇弟弟，你的三个小外甥哪里去了？"花蛇摆摆身子装出不知道的样子说："啊呀！我刚打瞌睡闭了个眼，这三个娃娃哪里去了呀？他们三个到底哪里去了呀？刚刚还在这里玩耍。"

麻雀听罢花蛇的话更加着急，一丁点儿的功夫丢掉了雀娃，又怕又急。她飞到天空边喊边找，连雀娃的身影都不见，回到家大哭大闹。花蛇装出一副怜悯的样子劝说："姐啊姐，不要悲伤，别哭坏了你的身体，你这么年轻今后还能多生雀娃，若是生出几个雀娃我定能看护好他们！"蛇说着说着把身卷缩成笸箩状。

麻雀看了看蛇，识破了蛇的花言巧语，怀疑雀娃被蛇吞吃了，于是止住哭声擦擦眼泪，仔细一看，蛇嘴上粘着几根雀娃的羽毛，蛇肚鼓凸了几个疙瘩。这时麻雀心里更加明白了：刚才蛇以甜言蜜语骗我，我就信以为真。于是，她转了个话题说："亲爱的弟弟，你的好意我十分领情，你也别忧愁了。"随即又问，"亲爱的弟弟，你的脸色白得很难看，你的肚皮也不停地跳，身体没有痊愈吧，我给你找点药去？"

"肚子怎么不痛呢？伤没痊愈，腰痛得快要折断了。"花蛇结结巴巴地回答了麻雀。麻雀安慰说：“弟弟你坚持一阵子，我马上找药去。”说罢便飞到高山上磨快了嘴和爪子。之后，麻雀回来说：“我亲爱的弟弟，我从药铺抓来了点药，你闭上眼睛然后伸展身子，我好敷药！”花蛇刚闭上眼睛躺直了身子，麻雀刹那间用磨得像刀子似的嘴和爪子扒开了蛇肚，三个雀娃一下从扒开的蛇肚飞了出来，高兴地拥抱在妈妈的脖子上。

花蛇肚子痛得无法忍受，疯狂进攻麻雀，麻雀一跃，身子抓住蛇飞到半空，然后猛松开爪子，蛇被摔成了一摊肉浆。从此，麻雀和她的三个雀娃过上了安宁和幸福的生活。

搜集时间：1992 年
搜集地点：五十镇北庄村
讲述者：李生昌
搜集整理：李生元

猴子的故事

见过猴子的人都知道，猴子的屁股长得红红的，脸长得红红的，手掌也长得红红的。为什么会这样呢？在土族地方流传着这样一个故事。

从前，有个村庄里弟兄俩操持着一个家。可是，当哥哥的从小长着一颗坏心眼儿，总是欺负自己的弟弟，而且好吃懒做，游手好闲。弟弟心地善良，手勤脚快，家里的重活脏活都一人揽了下来。有一天，弟兄俩分家，哥哥给弟弟仅分了一亩薄田。

除夕之夜，弟弟独自过着寒酸的年，心里老是想自己的生活如此艰难，以后怎么过呢？猛然间记起老人们说过的话，除夕夜到山上敖包根里去听，众神能叙说听者一生的事情。于是他急忙起身跑到敖包根，躺着听众神的话。躺到半夜时分，一队马队匆匆忙忙地过来，一个红脸骑白马的人走在队前说："唉，这里躺着一个死人。"紧接着马队里的另一个人说："不是死人，看他的样子可能是个疯子。这个疯子怪可怜的，给他几粒青稞种子吧。"说罢马队转眼间消失得无影无踪。等他天亮起来一看，果然在身旁丢下了好多青稞穗头，他便拾上穗头赶回了家。

第二年的春天，弟弟把拾来的青稞掺合到粮种里并播种在那一亩地里。快到秋天，播种的青稞长势喜人，丰收在望，弟弟高兴得眉开眼笑，不分昼夜地守护庄稼。有一天早晨天刚亮，隐隐约约睡醒时，忽然一头白牦牛来到田里抬上一丛青稞跑回了山，弟弟急急忙忙追赶白牦牛。追到山腰时，白牦牛突然消失了。这时从山边森林深处跳出一群猴子，把弟弟拖拖拉拉推进一个山洞。

“把这个人看守好，不能让他逃跑。”一只老猴子对猴子们说：“据说人能讲动听的故事，今夜我们让他讲故事。”

天黑了，猴子们点燃了一盏金制的油灯，然后老猴子领弟弟到众猴前说：“你今晚无论如何要讲故事给我们听！”

弟弟心里纳闷，给这群猴子讲啥故事呢？噢，有了，便装腔作势地向猴群大声说：“若要给你们讲故事，你们马上准备些松胶水来。”老猴子指使小猴子们拿来了许多松胶水。然后，弟弟指使猴子们把松胶水涂抹在石头上坐下，把他们的手掌和脸上也涂抹了松胶水，让他们双手托着脸蛋听故事。

弟弟讲了三天三夜故事，到了第三天晚上，猴子们困得受不了，眼睛看得朦朦胧胧，耳朵听得隐隐约约，不久猴子们就进入了梦乡。弟弟趁机把金灯揣在怀里，悄悄走出山洞，飞快地往山下跑。回到家，他变卖了金灯，并用金灯换来的钱修建了一座漂亮的房子，购置了一些田地，过上了幸福的生活。

弟弟得到金灯的消息不胫而走，很快传到哥哥耳朵里。哥哥眼红起来，跑到弟弟家问："你怎样得到了金灯，如何变卖致富了，讲给哥哥听听。"因弟弟是个老实巴交的人，他就把前后经过详详细细给哥哥讲述了一遍。哥哥很得意地说："我也去一趟。"就急急忙忙地往山上跑去了。

这群猴子一觉睡到第二天的中午了。老猴子睡醒睁开眼睛一看，讲故事的人不在了，金灯也不在了，嘴里不由地喊了一声："唉！这里发生了怪事情，大家快起来。"但松胶水把老猴子屁股粘得像焊在石头上一般，老猴子焦急得跳起来，只听"嘶"的一声，屁股皮粘在石头上了，却把肉拔了起来，接着手一拽，手掌皮和脸皮同时剥掉了。老猴子一气之下把所有的猴子拉了起来，小猴子们同样满身血淋淋的，各个疼痛得胡喊乱叫："再没有比人坏的东西了！"它们跑出洞口寻找那个"坏人"。

这时候，哥哥一心想的是快点拿到金灯，正上气不接下气地往山上跑。小猴子大声喊："那个坏蛋上来了。”猴子们咬牙切齿，三下五除二便把哥哥捆绑到洞里。老猴子呲牙咧嘴大声嚷：“把这个人下到油锅里炸。”于是，猴子们就把哥哥炸熟吃了，但猴子的屁股、手掌和脸从此也就变红了。

搜集时间：1981 年
搜集地点：东沟乡
讲述者：乔志芳
搜集整理：乔志良

喜鹊先生

很早很早以前，林中有个喜鹊先生，它的窠筑得最好，在整个林中出了名。

有一天，许多鸟儿都飞来了，向它请教筑窠的技术。喜鹊便对大家说："筑窠必须要专心致志，不然就筑不好。我现在从头到尾地做给你们看，你们可要仔细看！"说着它就动手筑起窠来。这时许多鸟儿都围了上来仔仔细细地看，认认真真地听。喜鹊从河滩里衔些粘泥来，做成了一个像圆饼一样的东西。刚完成的时候，一只白脖鸦儿忽然喊叫起来说："啾啾，我知道怎么筑窠了，原来就这么简单，取来了粘泥，轻轻地拍打成一个圆饼，中间掏个窝坑就成了，这还不很容易吗？"说着就飞回去做自己的窠去了。所以，到现在白脖鸦儿的窠只有那么一点点，像圆饼似的，做得很不好。

喜鹊又取来了些短树枝，把泥饼围起来。这时老鸦又叫起来："呱呱，我也知道怎样筑窠了。反正就是摊些泥，围几根树枝，这还不好做吗？"说着它也飞回去自己筑窠去了。所以，现在老鸦的窠只是个空架子，做得也不好。

喜鹊又在树枝上放了一层泥，用它灵巧的嘴把泥弄得又光又滑，然后取来些细长的枝条，弯弯的围在窠的周围。麻雀看到这里就叫了起来："唧唧，我学会了。唧唧，我学会了。"说着它也飞回去造窠去了。所以，现在麻雀筑的窠，周围挂了些弯弯的草，里面毛毛扎扎的，住着也很不舒服。

喜鹊又取来些羽毛和细细的草绒铺在窠里，这个窠才算是最成功的窠。

白脖鸦儿、老鸦、麻雀都没有认真地听喜鹊讲下去，也没有看完喜鹊实地做窠的过程，半途飞走了，所以它们的窠做得都不完好。只有小乳燕从头看到尾，细心地学习了喜鹊筑窠的全部技术，现在小乳燕筑的窠能防风防雨，既舒适又暖和，看起来也非常美观。

当喜鹊教众鸟筑窠的时候，还有两只斑鸠呢！它们很懒惰，不愿意学习，只在远处咕咕叫，并不挤上前去认真地看。群鸟已经学完飞走了，它俩还在咕咕地叫着。喜鹊以为它俩想要几根小木棍子，就给了它们几根。所以，直到现在，斑鸠只知道用几根小木棍搭窠。老鹰呢，它虽然从头到尾看完了喜鹊的表演，可是它懒得连试都不愿意试，所以到现在它也不会筑窠。

搜集时间：1981 年

搜集地点：丹麻镇

讲述者：娘娘保

搜集整理：刘正全

巴蛙和天狗显能

巴蛙和天狗相遇在一个土崖顶，它们两个一见面就夸耀起自己来。

巴蛙说："我有两手高超的技能谁也比不过我。"

天狗问："什么高超技能？你说一说，做一做，让我领教。"

巴蛙说："第一手技能是会唱歌，我唱起歌来，整个田野都能听得到。"

"你会唱歌是不假，但总比不过百灵鸟吧？"

"当然，独唱是比不过百灵鸟，但合唱就比过了它呀！"

天狗又说："听听你第二手技能。"

巴蛙说："第二手技能是我一张口，食物自己往我嘴里来。"

天狗听了不以为然地摇了摇头说："不怎么样，不怎么样。"

"那么你说说你的高超技能吧！"巴蛙说。

天狗很傲慢地说："人们称我是老爷。"

"不，不，不，人们称你是天狗。"

"哈哈！你连那则谜语都没听说过吗？"

"没听说过，是什么谜语！"

天狗笑哈哈地说："老爷堂上坐，吃的'个家'来！你没听说过？"

"啊！这说的是你呀？"巴蛙也笑着说。

天狗进一步夸耀自己说："当然了，我把丝网拉在草尖上，看起来比'可罗'还美丽。因为我是老爷，有权有威，那些蚊子、苍蝇、蜂儿自己飞来落在'可罗'上供我享用。"

巴蛙说："光在嘴里说的好还不算，我们真实地比赛吧！"

"怎么比赛呀？"

"从这土崖上往下跳，看谁跳在先！"

"当然我比你跳在先！"

于是它们开始实地比赛，巴蛙猛吸一口气，"噗通"一下跳下土崖去了。它转身看天狗，天狗把蛛丝抽了又抽，然后慢慢吊下来，到了半崖，蛛丝完了，它无法下来，吊在半崖乱折腾手脚。

巴蛙喊叫："快下来呀！"

天狗说："尻子里没有货了。"

巴蛙骂道："没羞的，穿绿的！"

由于这个原因，互助地区的土族人至今不穿绿色长袍，因为不害羞、不要脸的人才穿绿色长袍哩。

搜集时间：1969 年
搜集地点：东山乡白牙壑村
讲述者：李丁目确
搜集整理：李友楼

爱听老婆谗言的鸟王

据说飞禽也有王，有人说是鹏，有人说是凤凰，究竟是谁，我们一下子还说不清楚。

我们这个故事讲的是一个贪婪的鸟王。

这个贪婪的鸟王，娶了比它更贪的黑心乌鸦为老婆，这样贪婪加贪婪，实在贪婪得不得了。因为它们想把天下的一切东西都据为己有。

有一天，这个吃人肉长大的黑心老鸦，贪性发作了，它对鸟王说："我看你这个鸟王也是个干球蛋！你所管辖的老百姓住的房子比你的宫殿还华丽，你看，那个快嘴喜鹊还住着三层楼。老百姓穿的衣服比你的蟒袍还美丽，你看，那个乖嘴鹦哥还穿着绿花袄呢。他们吃的食物比你的御膳还肥美，你看，那些老鹰不是天天在吃肉吗？依我说，要把天下的好房子、好吃的、好穿的统统贡献到您这里来，当王的应当先享受。"

贪婪的鸟王听了，说："我早就这么想的，可是它们不给我贡来又有什么办法呢？"

"那还不好办！你明天通知所有的飞禽，叫它们统统到这里来。你下一道圣旨，叫它们后天把所有的好房子、好吃的、好穿的贡到你这里来。”

这个爱听老婆谗言的鸟王，听了黑心乌鸦的话之后，马上通知天下的飞禽，叫它们第二天早上都到鸟王宫里听旨。

第二天早上，老鹰、麻雀、锦鸡、野鸡、鹦哥、鸽子……按时飞来，等候鸟王下达圣旨，唯独花喜鹊没有到。等了好久还不见花喜鹊来，鸟王就有些发火了，立刻叫兔鹰和雀鹞子把喜鹊抓来。

兔鹰和雀鹞子刚奉命出动，花喜鹊就急急忙忙地飞来了。

鸟王对花喜鹊怒气冲冲地说：“快嘴喜鹊，你是有意违抗我的命令，你为什么不按时到？”

“岂敢！岂敢！大王不知，我今天启程很早，可是路上碰到了几件难事，把我给缠住了，所以来晚了。”

“什么难事？”鸟王追问。

花喜鹊说：“大王请听，路上碰到一些人，有人说白天比黑夜多，有人说黑夜比白天多，两人争论不休。我为解决这个难题，所以迟到了。”

“你是怎样解决难题的呢？”鸟王问。

花喜鹊说：“大家的争论结果认为应以太阳为准，看见太阳算白天，看不见太阳算黑夜。阴天下雨看不见太阳，把它当做黑夜，所以黑夜比白天多。”

鸟王又说：“就为这点事也不应该迟到呀！”

花喜鹊接着说：“后来又碰到一些人，有人说世上的男人多，有人说世上的女人多，两下争论不休，几乎要动起手来了。我为解决这难题，所以迟到了！

“你又是怎样解决这个难题的呢？”这时鸟王不再发火，而是好奇地问起来。

花喜鹊一本正经地说：“大家争论的结果是女人多。”

鸟王说：“天下有一个男人，就有一个女人，这是天神、阎王配就的，哪有女人多的道理呢？”

花喜鹊说：“大家争论的结果认为，把爱听老婆谗言的男人，通通当做女人看待，所以女人多。”

这句话正好刺中了鸟王的要害。鸟王觉得非常尴尬，立时面红耳赤，说不出话来，圣旨也就没有下达成。

搜集时间：1969 年

流传地区：东山、东沟地区

讲述者：牛李氏奶奶、李占金

搜集整理：李友楼

布谷鸟和黑乌鸦

很早很早的时候，布谷鸟和黑乌鸦是很好的朋友。

布谷鸟很勤劳，每天从这棵树上飞到那棵树上，从这边坡上飞到那边坡上，从这个庄子飞到那个庄子，到处寻找害虫吃。它穿着一身美丽的花衣裳，还有一张灵巧的嘴，会唱一口动听的歌。每到一个地方，鸽子、燕子、尖尖鸟、锦鸡鸟等都很喜欢它。

黑乌鸦懒惰成性，一天到晚东跑西飞的，不愿干一点正经活，它穿着一件多年不曾洗、浸透垢痂的破旧黑衣，笨手笨脚的还常常期负小鸟。因此，它每到一个地方，其他鸟儿都讨厌它，远远地躲避开。

春天到了，黑乌鸦想弄到一件时髦的衣服和一张会说话、能唱歌的巧嘴，它苦心谋算：当我换上世上最美丽的衣裳以后，我就是天天这样吃喝玩乐，他们也得热烈地欢迎我。

有一天，它想了一个办法，对布谷鸟说："我最好的布谷鸟大哥！你是我最喜欢的呀！只有你才配做我的朋友啊！我们是很难得的朋友啊！明天，我请你到我家去做客，我一定好好地招待你啊！”

诚实的布谷鸟听乌鸦说了一遍又一遍，便答应了。

到了第二天，黑乌鸦的桌子上摆满了各种肉食，还有保存了十多年的美酒以及香喷喷的热馍、各种各样的上等菜。布谷鸟唱着、吃着，不一会感到有些醉意，就推谢说不能再喝了。但是，黑乌鸦哪里能放过，它一手拿着酒杯，一手抱住布谷鸟的头，使劲猛灌，一杯又一杯，一坛又一坛。布谷鸟被灌得酩酊大醉，不省人事，就在那里睡着了。

第二天早晨，太阳出山已很高了，布谷鸟才慢慢醒过来，它突然发现自己身上的衣服不见了，冷得它直打哆嗦。它急忙到处寻找，却哪里都没有。这时，它脑子里想起了昨天的事情，黑乌鸦的邀请、满桌的肉、一坛一坛的酒……这时它才恍然大悟。

原来黑乌鸦把布谷鸟灌醉以后，脱去了它美丽的衣服，偷偷地溜走了。

黑乌鸦得到美丽的衣服后，高高兴兴地穿在身上，天还没亮的时候，它就躲藏在对面山上的杨树窝里。等到东方发白，它急忙飞到百鸟群中，趾高气扬地在大家面前走来走去，想让大家赞赏它的气派。

但是，情形却使它完全失望，当它一飞到那

里，那里的鸟就你一言我一语地说道："看！它从哪里得到那么美丽的新衣裳？"

"讨厌的家伙来了！"

"好吃懒做的乌鸦还有新衣穿！我看一定是别人的。"

不一会儿，所有的鸟都停止了歌唱，扑扑地飞走了。

从此，黑乌鸦每到一个地方，所有的鸟都讨厌它而飞走。这只偷了别人衣服的黑乌鸦，永远地成了一只孤独的可怜虫。

布谷鸟失去衣服后，天天冷得发抖，嘴也冻硬了。于是，每年到它失去衣服的那天，它就开始在古树上声声喊叫："却华哈什加！却华哈什加！（丢掉了，丢掉了）长谷！长谷！"

人们一听到布谷鸟的叫声，个个都很同情它不幸的遭遇。每年到这个时候，农民们说："布谷鸟叫了！快快播种了吧！多下些种子，秋收多打粮，好给布谷鸟买一件美丽的衣裳。"直到现在，在土族地区，布谷鸟一叫，春耕就开始了。

搜集时间：1986 年
搜集地点：五十镇寺滩村
讲述者：李赛什点
搜集整理：刘正全

后 记

土族作为中华56个民族之一，在其漫长的历史进程中创造了丰富的本民族传统文化，土族民族文学就是土族文化中的瑰宝。土族民间故事作为土族民间文学的重要组成部分，在土族地区通过口耳相传的形式传承下来，为活跃土族群众的精神文化生活发挥了重要作用。1979年土族文字的创制，开创了土族民间文化的新纪元，为土族民间文学注入了新的生命，广大土文工作者利用土族文字在宣传党和国家的方针、政策的同时，大量搜集、整理、记录本民族传统文化，包括民间故事在内的许多土族民间文化得到了有效的保护和保存。

曾几何时，互助土族自治县民族语文工作办公室就已搜集到的民间文化想用汉、土文合璧的形式一一出版，但由于经费等各方面的原因未能如愿。这册《土族民间故事精选》共收集了在土族地区广为流传的精典故事40篇，大概分为神话故事、人物故事、传说故事和动物故事四类，大部分资料来源于互助土族自治县民族宗教事务局民族语文工作办公室编辑的《土族民间故事》

和《土族民间故事续》两本书，还有一部分来源于本人的搜集、整理和互助、大通、民和三县的民间故事集成，虽然未能汉、土文合璧，却也了却了一桩心事。

在此，谨向为本书提供资料的乔志良先生以及为编辑、整理资料付出辛勤劳动的其他工作人员表示衷心的感谢！本书的校对是在我人生失去自由、情绪处于极端低落的情况下完成的，期间有幸得到了邓青卫、詹鸿、周怀良、马鑫等好心人的支持和帮助，在此一并致谢！

由于编者水平有限，错误和纰漏在所难免，敬请读者指正。

乔生华

2014 年 4 月